Memoria de mis putas tristes
Gabriel García Márquez

わが悲しき娼婦たちの思い出

G・ガルシア゠マルケス
木村榮一 訳

Obra de García Márquez | 2004
Shinchosha

わが悲しき娼婦たちの思い出●目次

Obra de García Márquez
2004

Drawing by Silvia Bächli
02.4: without title, 2002, "LIDSCHLAG How It Looks", Lars Müller Publishers, 2004 through WATARI-UM
Design by Shinchosha Book Design Division

わが悲しき娼婦たちの思い出

Memoria de mis putas tristes, 2004

たちの悪いいたづらはなさらないで下さいませよ、眠つてゐる女の子の口に指を入れようとなさつたりすることもいけませんよ、と宿の女は江口老人に念を押した。

川端康成『眠れる美女』

I

満九十歳の誕生日に、うら若い処女を狂ったように愛して、自分の誕生祝いにしようと考えた。ひそかに娼家を営んでいるローサ・カバルカスのことを思い出したが、以前、彼女は新しい女の子が見つかると、いつも上客にだけ伝えていた。何度か声をかけられたが、私は一度もみだらな誘惑に負けなかった。だからと言って、彼女が私を潔癖な人間だと思っていたわけではない。意地の悪い笑みを浮かべながら、いずれ思い当たるときがくると思うけど、モラルもやはり時間の問題なのよね、と言ったものだった。彼女は私よりも少し年下だったし、長年音信が途絶えたままになっていたので、生きているかどうかも分からなかった。しかし、電話をかけると、すぐに電話口の向こうから聞き覚えのある声が聞こえてきたので、前置きをせずにこう切り出した。

「今日は大丈夫だ」

彼女はほっとため息をつくと、かわいそうな物知り博士さん、二十年前にふっつり姿を見せなくなったと思ったら、突然電話をかけてきて、無理な注文をつけるんだものね、と言った。そしてすぐに、その道のプロらしく、心そそる女の子を六人ばかり紹介してくれたが、むろんどの女も処女ではなかった。私は、そういう子じゃダメなんだ、乙女でないといけないし、それも今夜《こ》必要なんだと言った。彼女はびっくりして、いったい何をしようっていうの、と尋ねてきた。私は一番痛いところを突かれて、何もしないと答えたが、今の自分に何ができて、何ができないかはよく分かっている。彼女は平静な口調で、物知り博士と言われる人は何でも知っているけど、本当は何でも、というわけではないのよね、この世界で生き残れる乙女座の人って、八月生まれの人だけだものね、だけど、どうしてもっと早く言ってくれなかったの？　いや、今まで考えつかなかったんだ、と答えた。すると彼女は、インスピレーションというのはどんな人間よりも訳知りだから、きっと待つことを知っているはずよと言い、そのあと、あちこち当たってみるから、あと二日もらえないかしらと言った。私は厳しい口調で、自分くらいの年齢になると、こういった場合、普通の人の一日が一年に当たるんだと答えた。すると彼女はためらうことなく、だったら無理ね、でも、いいわ、面白そうだからやってみる、一時間待ってくれる？　と言った。

こういうことは言うべきではないのだろうが、私は遠くから見てもそれと分かるほどの醜男《ぶおとこ》で、内気な上に時代遅れのところがある。だから、人からそういう人間だと思われたくないばかりに、これまで無理をして逆の人間を装ってきた。はじめて私は、良心の呵責《かしゃく》をやわらげるためではあるが、自分の自由意志で、ありのままの自分をさらけ出すことにした。そこでローサ・カバルカスに電話をかけたのだが、今にして思えば、それを機に、普通の人がほとんどあの世へ旅立っているこの年になって、新しい人生が始まることになった。

私はサン・ニコラス公園の日当たりのいい歩道のそばにあるコロニアル風*の家に住み、両親が死ぬまで暮らしていたこの家で、妻も財産もなくずっと生活してきた。自分が生まれたベッドで、遠いいつの日か苦しむことなく一人で死んでいこうと決めている。父は十九世紀の後半に公開の競売でこの家を買い取ると、高級品の店を開きたいというイタリア人の組合に一階を貸し、組合員の一人の娘と幸せな生活を送るために二階で暮らすことにした。フロリーナ・デ・ディオス・カルガマントスという名の娘はモーツァルトの演奏家として知られ、数カ国語に通じていて、ガリバルディ*の信奉者でもあった。いまだかつてこの町で見かけなかったほどの美貌と才能に恵まれたその女性が、私の母である。

家の中は広々として明るく、天井にスタッコ*のアーチがあり、床はフローレンス風*の市松模様の寄せ木細工になっている。長いバルコニーに向かって四枚のガラスの扉がついているが、三月の夜になると母はそこに腰を下ろし、イタリア人の従姉妹《いとこ》たちと一緒にアリアを歌ったものだった。そこから大聖堂とクリストバル・コロンの像があるサン・ニコラス公園を一望できるし、その向こうには、川船用の桟橋のそばに建っている倉庫と、河口から二十レグアス*はなれた大河マグダレーナ川の茫洋とした水平線が望める。この家で唯一の悩みは、陽射《ひざ》しが一日中いくつもある窓から射し込むせいで、すべての窓を閉めて、むせ返るように暑い薄暗がりの中で昼寝《シエスタ》をしなければならないことだ。私は三十二歳のときにこの世に一人取り残されたが、以来、両親が使っていた寝室で寝起きするようになった。書斎に通じるドアを開いて、生活していくために不要なものすべてを競売にかけた。そのせいで、本とロール式の自動ピアノを除いて、ほとんど何もなくなってしまった。

　四十年にわたって私は《ラ・パス日報》の外電屋をしてきた。外電屋というのは、短波、あるいはモールス信号の形で空気中を飛び交っている世界中のニュースを捕まえて、それを新大陸の言語で再構成し、足りないところを補う仕事をする。私は現在、姿を消したあの仕事から入る年金で何とかやりくりしている。それ以外にスペイン語とラテン語の文法を教えているが、そこから入る収入は微々たるものだし、半世紀以上休まずに書き続けている日曜日の記事はほとんど実入りがない。わが国には著名な演奏家がよく来訪するが、そのときに書いている音楽と演劇関係のコラムにいたっては一文にもならない。私はものを書くことに関わる仕事以外したことがないが、物語作家としての資質と才能には恵まれていない。作品をドラマティックなものにするための法則をまったく知らないのだ。回想録を書いてみようと思い立ったのは、これまでいろいろな本を読んできたので、何とかなるだろうと思ったからだが、正直なところ能力も才知のきらめきもない私は、こういうものを書くのに向いていない。これから自分の大いなる恋の回想録を書きつづり、その中で精一杯これまでに起こった事件について語るつもりだが、それが後世に残すことのできる唯一の遺産になるだろう。

いつものことだが、朝の五時になって、明日の金曜日が九十歳の誕生日だということを思い出した。《ラ・パス日報》の日曜版に載せる記事を書くだけで、他に仕事はなかった。明け方からその日がつらい一日になりそうだという予兆があった。夜明け頃から身体《からだ》の節々が痛み、お尻が燃えるように熱くなり、三カ月続いた乾季が終わり、嵐の到来を告げる雷が鳴りはじめた。コーヒーができるまでの間にシャワーを浴び、蜂蜜を入れて甘くしたコーヒーをマグカップで飲み、タピオカのパイを二つ食べ、家にいるときに着る布地のつなぎに着換えた。

記事のテーマは、言うまでもなく九十歳の自分のことである。屋根に落ちる雨だれの音を聞きながら、自分の命はあとわずかしかないと考える人がいるが、私は年齢をそんな風にとらえたことはない。人が死ぬと、髪の毛に棲みついているシラミがぞろぞろ枕の上に這い出してきて、家族のものが恥をかくという話をごく幼い頃に聞かされたことがある。その話に大きな衝撃を受けたせいで、学校へ通っているときは髪の毛を短く刈り込んだし、いまだにわずかに残った頭髪を安物の石鹸で洗っている。これはつまり、幼い頃に、死に対する恐怖心よりも、社会的な羞恥心をより強く叩き込まれたということだろう。

私が書く誕生日の記事は、過ぎ去った歳月へのお決まりの嘆き節ではなく、その逆、つまり老人賛歌になるはずだということは何カ月も前から分かっていた。いったいいつ頃から老いを意識するようになったのか思い返してみたが、どうもあの日のほんの少し前だったような気がする。四十二歳のときに息もできないほど背中が痛くなったので、医者のもとに駆けつけた。医者は心配いりませんという顔をして、あなたくらいの年齢になればごく普通のことですと言った。

「すると」と私は言った。「普通でないのは年齢のほうなんですね」

医者は悲しそうに微笑みかけて、あなたは哲学者ですねと言った。自分が年を取ったと感じたのは、それがはじめてだが、すぐに忘れてしまった。毎日のように身体のあちこちが痛んで目が覚めるようになったが、それにも慣れてしまった。痛みは年月がたつにつれて場所を変え、度合いを変えた。時々、このまま死ぬのではないかと思うほど激しい痛みに襲われることがあったが、次の日になると嘘のように消えていた。以前、父親に似てきたら、それが老いの最初の兆候だと言われたことがある。だとすると、永遠に老いないよう呪われているにちがいない、と私は考えた。というのも、私の顔は馬面で、生粋のカリブ人らしい顔の父親とも、帝政時代のローマ人の血を引く母親ともまったく似たところがないのだ。実を言うと、最初に現れる変化はごくかすかなものなので、ほとんどそれと分からない。これまでずっとそうだったが、人は自分の内側から外を見るので、外側にいる周りの人がそうした変化に気づくものなのだ。

四十代に入ると、物忘れするようになって、自分も年だなと感じるようになっていた。メガネを探して家中うろうろ歩き回った末に、すでにかけていることに気づいたり、メガネをかけたままシャワーを浴びたり、遠視用のメガネの上から老眼鏡をかけたりするようになった。いつだったか、朝食を済ませたのを忘れて、二度とったことがあるし、前の週に話したのと同じ話をしたものだから、友人たちがびっくりしたような顔をしつつも、そのことを言い出せずにいるのに気がついたこともある。当時は知人の顔とそれぞれの名前のリストが頭の中に出来上がっていたが、いざ挨拶する段になると、顔と名前が一致しなくなっていた。

性的能力は私自身ではなく、女性に依存しているので、自分の性的年齢を気にしたことはなかった。それに、女性はその気になれば、相手がどうして、なぜだめなのかをすぐに見抜くものなのだ。八十歳の若造がそういうことで恐慌をきたすと大慌てして医者のもとに駆けつけるが、とんだお笑い種《ぐさ》である。九十歳になると事態はもっと悪くなるが、生きている以上それは避けがたいことだと考えて、気にしないようにしている。一方、記憶力のほうは、あまり重要でないことに関してはどんどん衰えていくが、ありがたいことに本当に興味のあることについてはめったに衰えるものではない。キケローはいみじくもこう言っている。「どんな老人でも、自分が隠した財宝を忘れたりはしない」

こうしたことをあれやこれや考え、文章化しているうちに最初の草稿が出来上がった。その時間になると、公園のアーモンドの木と川を航行する郵便船の間から八月の陽射しがかっと照りつけていた。乾季のせいで一週間遅れていた郵便船が汽笛を鳴らしながら港に通じる運河に入ってきた。それを見て、ああ、自分の九十年がやってきたな、と思った。なぜそんな風に考えたのかは分からないし、知りたいとも思わないが、みだらな一夜を過ごして誕生祝いにしようと思い立ち、ローサ・カバルカスに電話をしたのは、来し方を思って索漠たる思いにとらえられたせいかもしれない。長年の間、自分が古典だと思う作品を好き勝手に読み返したり、教養ある音楽だと独り決めした曲目を聞いたりして自分の肉体と折り合いをつけ、平穏で清らかな生活を送ってきた。しかし、あの日突然切迫した性的欲望に襲われたが、自分ではそれがまるで神からのメッセージのように思えた。あの電話をかけた後はもうものを書けなくなった。朝方、陽の射さない書斎の隅にハンモックを吊るし、そこに寝そべったが、期待感のせいで胸が苦しくて仕方なかった。

　少年時代の私は、多くの才能に恵まれながら結核のせいで五十代で廃人のようになってしまった母親と、一度も間違いを犯したことのないごりごりの形式主義者の父親に甘やかされて育った。母に先立たれた父は、《千日戦争》*をはじめ、十九世紀からずっと続いていた内戦に終止符を打つネールランディア*協定の調印式が行われた日の明け方に、ベッドの上で亡くなっていた。訪れてきた平和が町を、予測もしていなければ、のぞんでもいなかった方向へと導いていった。自由奔放な女たちが大挙して押しかけてきたので、アンチャ街の昔からあった酒場は笑いが止まらないほどもうかったが、その通りは後にアベーリョ通りと名を変え、現在はコロン遊歩道の名で知られている。わが魂のこの町は人々が温和で、光が透き通っているというので、住民はもちろん、よその町の人たちからもいい評判を立てられている。

　女性と寝た場合、必ず金を払うようにしてきた。商売女でない女性とも何人か関係を持ったが、そんな場合でも、後でゴミ箱に捨てられてもいいと考えて、あれこれ理屈を並べたり、無理に手渡したりして金をつかませた。二十歳の頃からメモを取りはじめ、相手の名前、年齢、住所、会った場所、さらにはそのときの状況や体位までも手短かに書きとめるようになった。五十代になると、少なくとも一度は寝たことのある女性の数が五百十四人にのぼった。体力が衰え、そうそう女性を相手にできなくなり、メモを取らなくても数を数えることができるようになった時点で中止した。私には独自の倫理規範があった。仲間と一緒にばか騒ぎをしたり、人目につくところで決して野合したりしなかったし、肉体、あるいは心のアヴァンテュールを決して人に打ち明けたり、話したりしなかった。というのも、若い頃から、そのようなことをすれば無事ではすまないと分かっていたからだった。

数年間続いた忠実なダミアーナとの関係が唯一奇妙なものであった。彼女はまだ少女といってもおかしくない年齢で、山育ちの頑丈な身体つきをしていて、顔立ちはインディオにそっくりだった。口数は少なく、何か言うときは切り口上になった。私がものを書いているときは、邪魔になってはいけないと、はだしで歩き回っていた。廊下にハンモックを吊るして、『ロサーナ・アンダルーサ』*を読んでいたときのことは今でもよく覚えている。ふと見ると、彼女が洗濯場で前かがみになって洗濯していたが、スカートが短かったので、むっちりした膕《ひかがみ》がむき出しになっていた。それを見て我慢できなくなった私は、背後からスカートを捲り上げ、パンツを膝のところまで下ろし、うしろから行為におよんだ。ああ、だんな様、と彼女はくぐもったようなうめき声をあげながら言った、そこは入り口でなく、出口です。彼女は身体を激しく痙攣させたが、最後までしっかり立っていた。彼女を辱めた自分が恥ずかしくなって、当時としては一番高い娼婦に払う分の二倍の金を払おうとしたが、彼女は頑として受け取ろうとしなかった。月に一回、いつも洗濯しているときに、決まって後ろからことに及んだが、給金にその分の代金を上乗せすることにした。

いつだったか、そうした色事の記録は、道を誤ったみじめたらしい自分の人生を語る上で格好の材料になるはずだと考えたことがあるが、そのときに『わが悲しき娼婦たちの思い出』というタイトルが天から降ってくるように思い浮かんだ。それにひきかえ、私の表向きの生活は面白くもなんともない。両親に死に別れ、天涯孤独の身で、先に何の望みもない独り者、*カルタヘーナ・デ・インディアスの文学賞である《花の戯れ》に四度にわたって最終候補に残ったものの、ジャーナリストとしては凡庸で、あまりにも醜男なので風刺漫画家の標的にされている、といった具合である。つまり、私は出だしから挫折した人生を送ってきたのだ。十九歳になったある午後、スペイン語と修辞学の授業のときに書いた学校での生活記録を《ラ・パス日報》に掲載してもらえるかどうか尋ねに行こうと、母親に連れられて新聞社まで行った。その記録は、編集長の好意的な序文とともに日曜版に掲載された。その後も七回にわたって連載されたが、何年も後になって、母親が裏から金を渡していたことが判明した。しかし、そのときはすでに手遅れで、あの記事は羽がはえてどこかへ飛んでいってしまい、当時私は外電屋で、音楽時評も書いていたので、恥じ入ることさえできなかった。

　優秀な成績をおさめて学校をでると、同時に三つの公立学校でスペイン語とラテン語を教えはじめた。十分な心構えも使命感もなかったし、専制君主のような両親から逃れたい一心で学校に通っているかわいそうな子供たちに対する哀れみの気持ちさえなかったのだから、私は決していい教師ではなかった。彼らのためにしてやったことといえば、木の定規で脅して言うことをきかせ、私の好きな詩を覚えこませたことくらいだろう。《なんと悲しいことだろう、ファビオよ、君が今見ている寂寞《せきばく》とした草木の枯れた丘はかつて名高い*イタリカのあったところだ》。年をとってから偶然知ったのだが、あの頃生徒たちは陰でこっそり私に《枯れ丘先生》というあだ名をつけていた。

　これが私の人生がもたらしてくれたすべてであり、努力してもっと多くのものを手に入れようとは思わなかった。授業時間の合間に一人で昼食をとり、午後六時になると新聞社の編集室へ行って大気中を飛び回っている情報をつかまえた。夜の十一時に編集の仕事が終わるが、それから私の本当の人生がはじまる。週に二、三度中国人街に泊まったが、しょっちゅう敵娼《あいかた》を変えるので、年間顧客ナンバー・ワンとして二度表彰されたことがある。近くのカフェ・ローマで夕食を済ませると、気の向くままに適当な売春宿に足を向けたが、店に入るときは裏庭のドアから入っていた。最初のうちは面白半分でそうしていたのだが、そのうち大物政治家で、口の軽い連中が政界の裏話をぺらぺらしゃべっているのが聞こえてきたので、それを聞くのが仕事の一部になってしまった。彼らは一夜かぎりの愛人を相手に政府の秘密を漏らしていたが、段ボールの仕切り壁の向こうで世論の代表者が聞き耳を立てているとは夢にも思っていなかった。寂しい独身生活を送っている私が実はホモで、夜毎犯罪通り《クリメン》に足を伸ばしては孤児を相手に汚らわしい欲望を満たしていると、うわさされていると知ったのもやはりそこからだった。幸い私に関してはいいうわさもあったし、自分がどういう人間かわきまえていたので、そうしたうわさは無視して、忘れることにした。

私には親友と言えるような人間はいなかったし、そこそこ親しくしていた人も今はニューヨークにいる。つまり、死んでしまったということだが、過ぎ去った過去の人生に耐えられなくなったさまよえる亡霊の行く先といえばニューヨークしかないと考えたからそう言ったにすぎない。引退してからは、金曜日の午後に新聞社まで原稿を届けるか、ちょっとした義務を果たすくらいで他にこれといった仕事をしていない。美術会館で催されるコンサートや創設に携わった芸術センターでの絵の展覧会に足を向けたり、社会改善協会で時々行われる講演会やアポロ劇場で催される＊ファブレガスの演奏会といったような大きなイベントがあったときに出かけて行くくらいのものだった。若い頃は、屋根のない映画館によく出かけたが、そこへ行くと思いがけず月食を見ることができたり、時ならぬにわか雨にあってひどい肺炎にかかることがあった。しかし、私が面白いと思ったのは、映画よりもむしろ夜の蝶のほうで、彼女たちは入場料の代金で客と寝るのだが、ただの時もあれば、つけにしてくれることもあった。私はもともと映画があまり好きではなくて、*シャーリー・テンプルをあそこまで下卑たやり方で崇拝するのはどうかと思われた。

私が旅行したのは、二十歳になる前に《花の戯れ》賞に出席するためにカルタヘーナ・デ・インディアスへ四度行ったのと、*サンタ・マルタで売春宿を開業したサクラメント・モンティエルに招待されてエンジンつきのはしけに一晩揺られ続けた悪夢のような一夜だけである。家ではもともとあまり食べないし、味にうるさいほうでもない。ダミアーナは年をとってから料理をしてくれなくなった。それ以来、新聞社が閉まったあとカフェ・ローマでジャガイモの*トルティーリャを食べるようにしているが、それが唯一まともな食事である。

九十歳の誕生日の前日は、昼食もとらずにローサ・カバルカスからの連絡を待っていたせいで、読書に身が入らなかった。午後二時の炎暑の中、セミがうるさく鳴き騒いでいた。開け放した窓から数時間毎に陽射しが角度を変えて射し込んでくるので、ハンモックを吊るす場所を三度変えなければならなかった。前々から自分の誕生日の頃が一年で一番暑いと思っていて、それに耐える術を学んでいたが、あの日は耐えられそうになかった。四時に、ドン・パブロ・カザルスが編曲した決定版とも言えるヨハン・セバスティアン・バッハのチェロの独奏のための六つの組曲を聴いて、気持ちを落ち着かせようとした。あの曲はすべての音楽の中でもっとも学識豊かなものだと私は思っているが、いつものように気持ちが静まるどころか、逆にひどく気が滅入ってしまった。少しだるい感じのする曲目を聞いているうちにうとうとまどろんだが、夢の中でむせび泣くようなチェロの音と港を出て行く船の汽笛の音を混同してしまった。そのとき突然電話のベルが鳴って目が覚め、ローサ・カバルカスの錆びついたような声で現実に引き戻された。あんたはほんとに運のいい人だよ、と彼女が言った。望んでいた以上にいい子が見つかったよ、だけどひとつ問題があってね、その子はまだ十四になるかならずなんだよ。相手の真意を測りかねた。私は、オムツを替えるくらいのことなら喜んでするよ、と答えた。あんたのことを言っているんじゃないよ、と彼女が答え返してきた。ひとつ間違えば三年食らい込むことになるけど、あたしの身代わりに牢に入ってくれる人が誰かいるかい？

彼女の身代わりになってやろうという人間などいないだろうし、ましてや彼女自身が誰かの身代わりになることなど万にひとつもなかった。彼女は未成年者の女の子を店で働かせてそのあがりをとっていた。彼女に仕込まれ、稼ぎを搾り取られた女の子たちはやがてさらにひどい生活に身を落とし、ネグラ・エウフェミアの由緒ある売春宿で娼婦として働くようになった。彼女は罰金など一度も払ったことがなかった。というのも、上は知事から下は役所の一番地位の低いものに至るまで、官庁の人間にとってあの店の中庭は理想郷だったのだ。彼女はその気になればどんな悪事でも働くことができたにちがいない。土壇場に追い詰められると、考えることはたったひとつ、どう顧客を利用するかだけだったが、その場合、犯した罪が重ければ重いほどつかませる金の額が大きくなった。われわれの抱えていた問題は、基本リーヴィス料に二ペソ上乗せし、五ペソを現金で前払いする、そして店には夜の十時に行くということで合意に達して、解決した。一分早くてもダメだよ、女の子は弟や妹に食事をさせて寝かしつけ、リュウマチで身体の不自由な母親をベッドまで連れて行かないとならないんだからね。

まだ四時間あった。時間がたつにつれて、心臓にすっぱい泡がたまったようになり、息が苦しくなりはじめた。何とか時間をやり過ごそうと服を着てみたが、効果はなかった。つねづねダミアーナから、まるで司教様が儀式を執り行うように服を着るんですねと言われているので、その行為自体は私にとって別に変わったことではなかった。剃刀《かみそり》でひげをあたり、太陽熱で温められた水道管の水が冷たくなるのを待ってシャワーを浴びたが、タオルで身体を拭いただけでまた汗が噴き出してきた。今夜、幸運に恵まれるように白いリ*

ンネルの上下を着、カラーをのりで固めた青い縦縞のワイシャツをつけ、中国絹のネクタイを結び、ショート・ブーツに亜鉛華を塗り、金の竜頭《りゅうず》のついた時計をポケットに入れ、その鎖の端を襟のボタン穴に引っ掛けた。最後にかなり背が縮んでいたのを気取られないようズボンの股上《またがみ》を内側に折り込んだ。

誰も私がひどく金に困っていると思っていないので、表向きは吝嗇家《りんしょくか》で通っている。しかし、実情はあの夜のように出費のかさむことがあると、手持ちの金ではやっていけなかった。ベッドの下に隠してある金庫から部屋代として二ペソ、女将《おかみ》に渡す四ペソ、女の子の取り分である三ペソ、それに夕食代やこまごました入費にあてる五ペソを取り出した。その十四ペソは一カ月間日曜版に記事を書いて得た収入だった。その金をウエストの隠しポケットに入れ、ランマン・アンド・ケンプ＝バークレー社のフロリダ水を身体にふりかけた。そのとき突然パニックに襲われ、八時の最初の鐘が鳴ると真っ暗な階段を手さぐりで降りはじめた。恐怖のあまりびっしょり汗をかいて外に出ると、誕生日の前日の輝かしい夜が私を迎えてくれた。

外は涼しくなっていた。コロン遊歩道の車道の真ん中に縦列駐車しているタクシーの間で、男ばかりのグループが大声でサッカーの話をしていた。花の咲いているマタラトンの並木の下では金管の楽隊が物憂いワルツを演奏していた。公証人街で上客を物色している貧しい娼婦の一人がいつものようにタバコをねだってきたが、私はいつものようにこう答えた。タバコをやめて今日で三十三年二カ月と十七日になるんだよ。雑貨店《金の針金》の前を通るときに、明るい照明のついているショーウィンドーに映る自分の姿を眺めたが、イメージしていたのと違って、ふだんよりも老い込み、服装もみすぼらしく思えた。

十時少し前にタクシーのそばへ行き、行く先を悟られないよう万国墓地へやってくれ、と運転手に言った。運転手はにやっと笑いながら、びっくりさせないでくださいよ、博士、私も先生みたいにいつまでも元気でいられるといいんですがねと言った。運転手が小銭を持っていなかったので、墓地の前で一緒に車から降りて、墓地亭という貧乏臭い居酒屋で両替してもらったが、その店には死者を悼むために深夜から酒を飲んで酔っ払おうとしている客がたむろしていた。勘定をすませると、運転手が真顔になって、気をつけてくださいよ、先生、ローサ・カバルカスの店はすっかり様変わりしていますからね、と言った。コロン遊歩道にたむろしている運転手は町のことなら何でも知っているが、世間の人たちと同じように改めてそのことを思い知らされたので、こちらとしては礼を言うより仕方なかった。

足を踏み入れたスラム街は以前に知っていたのとはまったく違う街に変わっていた。熱く焼けた砂の道が続く広い通りがあり、そこに建ち並ぶ家々は以前と同じだった。ドアは開け放たれ、壁は粗板で、屋根はヤシの葉で葺《ふ》いてあり、中庭には砂利が敷き詰めてあった。しかし、昔のもの静かな住民は姿を消していた。大半の家では金曜日になると、腹の底に響くような騒々しい音を立ててばか騒ぎをしていた。五十センターボ*出せば、誰でも好きな家にもぐりこんでパーティに加わることができたし、金がなくてもレンガを積んだだけの家に入り込んでダンスをすることができた。めかしこんでいた私は、このまま大地に呑み込まれて姿を消したいと思って歩いていたが、誰もそんな私を気に留めなかった。ただ、家の玄関先に腰を下ろして、うとうとまどろんでいた痩せた混血の男だけが通りかかった私に目を留めた。

「行ってらっしゃい、博士」と大声で親しげに言った。「せいぜいいい思いをしてくださいよ」

私としては礼を言うより仕方なかった。最後の坂道にたどり着くまでに三度立ち止まり、呼吸を整えなければならなかった。そこから地平線に姿を現した銅色《あかがねいろ》の大きな月が見えた。急に腹具合がおかしくなり、どうしたものかと不安になったが、幸い何事もなくおさまった。スラム街が終わり、果樹が森のように生い茂っている通りの端まで行って、店に入った。

女将は別人のようになっていた。昔は口が堅いことで知られていた。身体が大きい上に、太っていて、教会中のろうそくを一息で吹き消すほどの肺活量があったので、われわれは男勝りの女性として表彰しようとしたほどだった。しかし、このところ一人暮らしを続けていたこともあって、身体がすっかりちぢこまってしわだらけになり、声も年老いた少女といった感じの甲高いものに変わっていた。昔の名残をとどめているのは歯だけで、コケティッシュに見えるよう金歯にした一本を含めて完全にそろっていた。五十年間一緒に暮らしてきた夫を亡くしたので喪服をつけていた。また、あまり褒めたものでない商売をしていく上で手助けをしていた一人息子を亡くしたので、その息子のために黒い縁なし帽をかぶっていた。透明で冷ややかな目は今も生き生きとしていたが、それを見て、ああ、性《しょう》根《ね》は以前とちっとも変わっていないなと思った。

店内の天井灯には暗い電球がひとつぽつんとついていて、戸棚には商品がまったくと言っていいほど並んでいなかった。そのせいで、誰も認知していないが、誰もが知っている店の内部が丸見えになっていた。私が爪先立って入っていくと、ローサ・カバルカスが客を送り出そうとしているところだった。私だと分からなかったのか、それともわざと素知らぬふりをしていたのかは分からない。彼女の手がすくまでの間、私は椅子に腰を下ろし、記憶の糸を手繰り寄せて昔の彼女を思い出そうとした。お互いまだ元気だった頃に、私は何度か彼女にも不安を取り除いてもらったことがある。彼女はたぶん私の考えを読み取ったのだろう、こちらに向き直ると、いたたまれなくなるほどまじまじと私の顔を見詰めた。ちっとも変わっていないね、と悲しげにため息をつきながら言った。私は彼女を喜ばせようとして、きみは年をとったけど、いいおばあさんになったね、と言った。彼女は、まじめな話、その死馬のような顔が少し若返ったみたいだよ、と言った。私はいたずらっぽく、飼い葉を変えたせいじゃないかなと答えた。彼女は調子に乗って、確かあんたは馬も敬礼するような一物をもっているはずだけど、あちらのほうはどうなの？　と尋ねてきた。私ははぐらかしてこう答えた。一別以来変わったことといえば、時々尻が焼けるように痛くなることくらいかな。彼女はすかさず切り返してきた。使わないからだよ。ちゃんと本来の目的にあわせて使っているよと答えたが、言われてみれば、前々から満月の夜になると決まってお尻が痛んだ。ローサは裁縫箱をかき回して、アルニカ*の塗り薬のような匂いのする緑色の軟膏の入った小さな缶の蓋を開けた。女の子に指でこんな風に塗って欲しいと頼むといいよ、そう言いながら卑猥な形で指を動かした。私は、神様のおかげでまだ民間治療薬の世話にならなくてもいいんだよと答えた。あら、そうなの、これは、失礼、先生。そう言うと、すぐ本題に入った。

　女の子は十時から部屋で待っているわ、と彼女が言った。とても可愛くて、清楚で、育ちのいい子なの、ただ、ガイラの沖仲仕と駆け落ちしたあの子の友達が、出血が二時間続いて止まらなかったので、おびえきっているのよと言った。でも、まあ、ガイラの男にかかれば、すれっからしの女でもよがり声を上げるという話だから、無理もないわね、と言ってから話を戻した。かわいそうに、あの子は工場で一日中ボタンつけの仕事をしているのよ。そんなにきつい仕事とは思えないけどね。男ってみんなそんな風に言うのよね、と彼女がやり返してきた、あの仕事は石に穴をうがつより辛いのよ。そのあと、あの子に臭化カリを混ぜた*カノコソウを飲ませておいたから、今はぐっすり眠っているわと言った。かわいそうだと思わせておいて、代金を吊り上げようという魂胆じゃないだろうねと言うと、それはないわ、絶対にそういうことはしないわよ、と言い切った。そこまで言うんなら、入費の一つ一つについて現金で前払いすると決めておけばいいじゃないの。そして、その通りになった。

　彼女のあとについて中庭を通り抜けたが、皮膚がたるみ、上等の綿のストッキングに包まれた脚がはれ上がって歩きづらそうにしているのを見て、女将も年をとったなとほろりとさせられた。満月が中天にかかり、世界は緑色の水の中に沈んでいるように思われた。店の近くに町の楽隊が演奏するためのヤシの葉で屋根を葺いた建物があり、革張りの椅子がいくつも並び、支柱にはハンモックが吊るしてあった。果樹の森がはじまる裏庭のところに、しっくいを塗っていない日干しレンガを積んだだけの寝室が六つ並んでいて、窓には蚊が入らないよう粗布が張ってあった。使用中の部屋がひとつだけあり、薄暗い灯火のついたその部屋のラジオからは不幸な恋の歌をうたっている*トーニャ・ラ・ネグラの歌声が聞こえていた。ローサ・カバルカスは大きく息をつくと、*ボレロは私の命なのよ、と言った。私もそう思っているが、文章に書くだけの勇気がなくてね。彼女はドアを開けて中に入ったが、すぐに出てきた。あの子はよく眠っているわ、と言った。疲れきっているから、好きなだけ眠らせてやってね、ただ、そうなるとあんたの夜はあの子の夜よりも長くなるだろうけどさ。私はむっとして、私がいったい何をするというんだ、とやり返した。あんたは物知り博士なんだから、そのあたりのことは私よりも詳しいんじゃないのかい、そう言うと妙にうれしそうな笑みを浮かべた。そのあと、くるりと背を向けると、恐怖に取りつかれた私を一人残して立ち去っていった。

　ここまでくれば逃げ出すわけには行かなかった。心臓が今にも破裂しそうになっていたが、仕方なく中に入ると、女の子はぐっすり眠っていた。大きなベッドの上で、母親の胎内から生まれたときと同じように、素裸で無防備な姿で横たわっていた。天井灯の強い光のせいでぼやけて見える彼女は、ドアに顔を向けて横向きになって眠っていた。私はベッドの端に腰をかけ、五感が麻痺したようにじっと彼女を見詰めた。肌の色は浅黒く、温かい体温が感じ取れた。衛生と美容面では気を使っていて、生えはじめたばかりの恥毛にまで手が加えられていた。髪の毛にはカールがかかっていたし、手と足の爪には自然色のマニキュアが施されていたが、糖蜜色の肌はふだん手入れをしていないせいで荒れていた。膨らみはじめたばかりの乳房はまだ男の子と変わりなかったが、そこからは今にもはじけだしそうな秘められたエネルギーが感じ取れた。身体の中で一番魅力的だったのは、手を思わせるような長くて敏感そうな指のついた大きな足で、音を立てずに静かに歩けそうな感じがした。扇風機が置いてあったが、彼女はきらきら光る汗にまみれていた。夜がふけていくにつれて、暑さがいっそう耐え難くなった。厚化粧をしていたので、どんな素顔をしているのか見当もつかなかった。ライス・パウダーを厚く塗った両頰に頰紅をつけ、つけまつげをし、眉毛とまぶたのところはアイシャドーでぼかしを入れ、チョコレート色の口紅で口を大きく描いてあった。しかし、どんな服を着せ、どれほど厚化粧しようとも、性格までは隠せなかった。高慢そうな鼻、つながった眉毛、気の強そうな唇。それを見て、闘牛の若い雄牛みたいだな、と考えた。

十一時に、いつもやっている手順どおりにシャワーを浴びようとしたが、バスルームに入ると、安物の服がひどく値の張る服のように丁寧に折りたたんであった。蝶柄をプリントしたエタミン*編みの服と黄色いパンティ、リュウゼツランの繊維で作ったサンダルがそろえてあり、その上にひと目で安物と分かるブレスレットと聖母の像が刻んであるメダルのついた非常に細い鎖のネックレスがおいてあった。バスルームの棚には、口紅、頬紅のケース、鍵、小銭などの入ったポシェットがあった。どれもこれも安価な品ばかりで、しかもひどく傷んでいたので、考えられないほど貧しい暮らしをしているように思われた。

私は服を脱ぐと、絹のワイシャツとアイロン掛けしたリンネルの服が汚れたり、しわが寄ったりしないよう慎重に衣服掛けにかけた。小さい頃、母親のフロリーナ・デ・ディオスに、おしっこをするときは便器の縁を汚さないよう座ってしなさいとしつけられたが、今でもその教えを守っていて、鎖のついた水洗便所に腰を下ろして用を足した。包み隠さずに言うと、私は今でも若い野生馬のように勢いよく切れ目のない小便がでる。バスルームを出るときに、洗面台の鏡をのぞいてみた。鏡の向こうからこちらを見ている馬面は死んでこそいなかったが、暗く陰気な顔をしていて、ローマ教皇のように喉の肉が垂れ、まぶたは腫れ、音楽家のようにふさふさしていた髪の毛も薄くなっていた。

「それにしても」と私はその顔に向かって語りかけた。「自分でもぞっとするほどひどい顔だな」

少女を起こさないよう用心して、裸のままベッドにそっと腰をかけた。赤いライトに目が慣れたので、その子をつぶさに眺めることができた。汗の噴き出しているうなじに沿って人差し指を這わせると、彼女の全身がハープの和音のように内側から震え、ウーンとうなりながらこちらに向き直った。彼女のすっぱい息が私を包み込んだ。親指と人差し指で鼻をつまむと、いやいやをするように顔を振り、寝返りを打って向こうを向いたが、それでもまだ目を覚まさなかった。急に気持ちが高まってきたので、膝を使って彼女の両脚を開かせようとした。二度ばかりやってみたが、彼女は両脚を固く閉じて開こうとしなかった。そこで、耳元で『デルガディーナのベッドのまわりは天使で一杯』をうたってやった。すると身体の緊張が少し和らいだ。私の血管の中を熱い血が流れはじめ、それまで眠っていた動きの鈍い私の中のけだものが長い眠りから目を覚ました。

いとしいデルガディーナ、と切ない思いで彼女に呼びかけた。デルガディーナ。彼女はくぐもったようなうめき声を上げると、私の脚から逃れて背中を向け、カタツムリが殻に閉じこもるように身体を丸くした。結局彼女だけでなく誰にも何も起こらなかったのだから、臭化カリの薬は彼女はもちろん、私にも効いたということなのだろう。身体が川魚のように冷たくなり、屈辱感にまみれ、情けない思いにとらえられていた私は、ここで彼女を起こしたところでどうにもならないと考えた。

そのとき、夜の十二時を告げる鐘が無情にも高々と鳴り響いた。洗礼者聖ヨハネの殉教の日、つまり八月二十九日がはじまったのだ。誰かが通りで大声を上げて泣き叫んでいた。何かの役に立てばと思い、私は聖ヨハネのために、また受けた恩恵に対する感謝の意味をこめて自分のために祈った。《すぎたことはすぎたこと、さらりと未練は捨てましょう》。女の子が夢の中でうめき声をあげたので、私は彼女のためにも祈った。《どうせすべてはすぎていく》。そのあとラジオと明かりを消して、寝ることにした。

明け方目が覚めたが、一瞬、自分がどこにいるのか理解できなかった。女の子は私に背を向け、胎児のように身体を丸くして眠っていた。彼女が暗闇の中で起き上がり、水洗トイレの水を流したような気がしたが、夢だったのかもしれない。私にとっては新しい体験だった。女性を誘惑するテクニックに関してはまったく無知だったし、相手が魅力的かどうかよりも、いくらかかるかを基準にして行き当たりばったりに一夜限りの愛人を選んできた。愛し合うときも、たいていは服を全部脱がず、いつももっと素敵な相手と寝ていると空想しながら真っ暗な中でことに及んでいた。ところがあの夜は、激しい欲望に突き動かされることも、妙に気恥ずかしい思いをすることもなく、眠っている女性の裸体を見詰めて、信じられないような喜びを得ることができた。

新聞の日曜版のために記事を書き、それを十二時前に編集デスクの上に置いておかなければならないので、朝の五時になるとじっとしていられなくなって起き上がった。満月の夜だったので、お尻はまだ焼けるように熱かったが、いつもの時間にトイレに入った。鎖を引っ張って水を流したときに、汚水と一緒にそれまでの鬱積した思いがすべて流れ去ったように思われた。服を着、すっきりした思いで寝室に戻ると、女の子は明け方の柔らかい光に包まれてまだ眠っていた。仰向けになって両腕を大きく開き、ベッドを占領して眠っているその子を見て、この子は間違いなく処女だと感じた。私は、神のご加護がありますようにと彼女のために祈り、彼女の取り分と手元に残ったもち金のすべてを枕元に置くと、額にキスをし、もう会うことはないだろうと思って別れを告げた。明け方の売春宿はすべてそうだが、あの店も天国に一番近いところにあるように思われた。人と顔を合わせたくなかったので、果樹園の扉から抜け出した。通りで焼けつくような陽射しを浴びて、改めて九十歳という年齢の重みを感じ、死ぬまでに残された時間はわずかしかないと考えはじめた。

2

両親が使っていた書斎にはほとんど本が残っておらず、本棚も働き者のキクイムシのせいで崩れ落ちそうになっているが、そんな中でこの回想録を書いている。結局、この世で自分がし残した仕事を仕上げるためには、いろいろな種類の辞書とドン・ベニート・*ペレス＝ガルドスの『国民挿話』の最初の二部、それに結核のせいで廃人のようになった母親の変わりやすい気分を理解する上で助けになってくれた『*魔の山』があれば事足りるはずだ。

他の家具や私自身と違って、今使っているデスクは、船大工をしていた父方の祖父が高貴な木で作っただけあって、時間の影響を受けておらず、少しも傷みがきていない。仕事をしないときでも、あまり意味はないが、毎朝細かなところまでゆるがせにせずきちんとデスクを整理している。もっとも、そういう性格のせいで、これまで多くの愛を失ってきた。手の届くところには、座右の書が並んでいる。つまり、王立アカデミーが一九〇三年に二巻本で出版した『図版入り基本辞典』、ドン・セバスティアン・*デ・コバルビアスの

『カスティーリャ語、あるいはスペイン語宝典』、語義上何らかの疑問が出たときに使う、厳密なことで定評のあるドン・アンドレス・ベーリョ*の文法書、とりわけ反意語と同義語を探すときに役立つドン・フリオ・カサーレス*の斬新な『概念辞典』、赤ん坊の頃から学んでいた母親の言葉と親しむためのニコラ・ジンガレッリ*編の『イタリア語辞典』、スペイン語とイタリア語の母親に当たるところから、自分の母語と考えているラテン語の辞書がそれである。

デスクの左側には、日曜版の記事を書くための公文書サイズの原稿用紙の束が五つと、枕形の吸い取り紙がいやで、その代わりに使っているインクを乾かすための砂が入った牛の角がつねに用意してある。右側には、インクつぼと金の軸のついたペンの入っている軽いバルサ材で作ったペン置きがあるが、私はいまだにフロリーナ・デ・ディオスが夫の印字のような字体を真似しないようにと教えてくれたロマンティックな文字で書いている。父親は公証人と会計士の根性が骨の髄までしみこんだような人だった。以前から新聞社では、ライノタイプ*印刷機にかける上でテキストの分量が前もって分かるのと、組版が楽だというのでタイプライターを使うようにとの指示が出ていたが、私はついにあの機械になじむことができなかった。その後も手書きで原稿を書きつづけ、一番古い社員だという特権を図々しく生かして、雛鶏が餌をついばむようにそれをタイプライターでこちこち打っ

ていた。第一線を退きはしたが、今も原稿を書き続けている。幸い家で書いていいという
ありがたい特権を得ているので、誰にも邪魔されないよう電話の受話器をはずしておき、
ノミとり眼《まなこ》で肩越しに原稿をのぞかれる心配もなく記事を書いている。

私は犬も小鳥も飼っていないし、これまで何度かどうにも我慢できなくなった時にお相手をしてくれた忠実なダミアーナをのぞいて使用人もいない。ダミアーナは目だけでなく、頭のほうも少しぼけているが、それでも週に一度は家事をしにきている。母親が亡くなる時に、若いうちに白人の女性と結婚して、少なくとも子供を三人作って、その中の女の子に、祖母から母へ、母から自分へ受け継いできた名前をつけてほしいと言った。その言葉が心にかかっていたが、若いと言っても何歳までと年齢が決められているわけではないのだから、あわてて結婚することもないだろうとのんびり構えていた。むせ返るように暑いそんなある午後、私はパロマーレス・デ・カストロ家がプラドマールに所有している家のドアを間違えて開けたのだが、たまたま隣の寝室で末娘のヒメーナ・オルティスが素裸でシエスタをしていた。彼女はドアに背を向けて横になっていたが、さっと振り返って肩越しにこちらを見たので、逃げ出す時間がなかった。動転していた私は、これは、失礼、と言うのが精一杯だった。彼女はにっこり微笑むと、*ガゼルのようにすばやくこちらに向き直り、私の前に全身をさらけ出した。おかげで、部屋の中がなんとなく危険な匂いのする

雰囲気に包まれた。彼女は完全に素裸だったわけではない。耳にはマネの描くオランピアのように、オレンジ色の花弁がついた有毒な花を挿し、右の手首に金の腕輪をし、小粒の真珠を並べた首飾りをしていた。おそらくこれからもこれほど衝撃的な光景を目にすることはないだろうと思った。今だから言えるのだが、たしかにあの時考えたことに間違いはなかった。

私は自分の不器用さに腹が立ち、ドアをばたんと閉めると、今回のことは忘れようと心に決めた。しかし、ヒメーナ・オルティスがそうさせてくれなかった。共通の友人に託して挑発的な手紙やひどい脅迫文を送りつけてくる一方で、あの二人は一度も口をきいたことはないが、互いに死ぬほど恋焦がれているといううわさを流したのだ。もはや抵抗できなかった。山猫のような目をした彼女の身体は、服を着ていようが裸だろうが男心をそそり、櫛を入れていない豊かな髪の毛からは女の匂いが漂ってきたが、そのせいで私は怒りともなんともつかない感情に駆られて、枕に顔を埋めて泣いたものだった。彼女を愛することはないだろうと分かっていたが、あまりにも強い彼女の悪魔的な魅惑に抗しきれず、緑色の目をした行きずりの娼婦を相手に自分の感情を静めようとした。けれども、プラドマールのベッドで目にした光景が炎の記憶となって激しく燃え上がり、火を消すことができなかった。ついに私は降伏し、正式に結婚を申し込み、指輪を交換し、ペンテコステー*

スの前に盛大な結婚式をあげると発表した。

そのニュースは社交クラブよりも中国人街で大きな反響を呼んだ。最初はからかいの種にされただけだが、そのうち結婚を神聖というよりもばかげたものだと考えているその道のプロたちからいくぶん白い目で見られるようになった。婚約者の家の、アマゾンの蘭とシダの吊り鉢が下がっているテラスでキリスト教的なモラルにしたがって結婚前の時期を過ごした。真っ白なリンネルの服に身を包み、ビーズの装飾品、あるいはスイス製のチョコレートを手土産にして夜の七時に彼女の家を訪れ、十時まで自分たちだけに通じる隠語をまじえた言葉でおしゃべりをした。そばにはいつも叔母のアルヘニダが控えていたが、当時流行の小説に出てくる女主人公のように少し瞬きをしただけですぐに眠り込んでしまった。

知り合うにつれて、ヒメーナはますます大胆になっていった。六月に入って暑さが耐え難いほどになると、胴着《ボディス》とペチコートを脱ぎ捨てたが、その様子から察するとうす暗がりの中でもつれ合うことになれば、骨も砕けよと攻め立ててくることは間違いなかった。婚約して二カ月たつと、何も話すことがなくなった。彼女が生成《きな》りの毛糸を使ってカギ編みで赤ん坊の小さな靴を編みはじめたところを見ると、口には出さなかったが、生まれてくる子供のことをほのめかそうとしていたにちがいない。心やさしい婚約者だった私は彼女に編み物を習い、結婚までの退屈な時間をやり過ごすことにした。生まれてくるのが男の子か女の子かで賭けをしようということになり、私は男の子用の青い靴を編み、彼女は女の子用のピンクの靴を編んだが、そのうち子供が五十人生まれても間に合うほどの靴ができた。十時の鐘が鳴る前に私は馬車に乗り込むと、心安らかな夜を迎えるために中国人街へ足を向けた。

中国人街で催された独身生活最後のお別れパーティは、社交クラブの息が詰まりそうなそれと違って実に騒々しいものだった。好対照をなすあの二つのパーティは、二つの世界のうちどちらが本当に自分のものかを知る上で助けになってくれた。私自身は、両方とも自分の世界だという幻想を抱いていた。しかし、あの二つの世界はたとえてみれば船のようなもので、一方に身を置いているとき、もう一方は胸を引き裂くような汽笛を鳴らしながら外洋を遠ざかっていく。つまり、それぞれが時間帯に応じて私の世界になるのだということに思い当たった。《神の力》で催された前夜祭のダンス・パーティでは、淫欲の世界にどっぷり浸ったガリシア人の司祭でなければ思いつかないような最後の儀式で締めくくられた。つまり、司祭は娼婦全員に新婦のヴェールとオレンジの花をつけさせ、私と彼女たち全員を結びつける結婚の秘蹟を執り行った。大いなる神聖冒瀆の夜に二十二人の娼婦が私に愛と服従を誓い、私は私で死後にいたるまで貞節を守り、あなたたちを支え続けると約束した。

その日は何か取り返しのつかないことが起こりそうな予感がして寝つけなかった。真夜中頃から、大聖堂の時報の音に耳を澄ますようになったが、そのうち教会へ行く時間がきたことを告げる七時の鐘のぞっとするような音が鳴り響いた。八時に突然電話のベルが鳴りはじめた。それは切れてはまた鳴るの繰り返しで、一時間以上長々と執拗に続いた。私は電話に出なかった。というか、息を潜めていた。十時少し前にドアをノックする音がした。最初はこぶしでどんどん叩いていたが、そのあと聞きなれたあのいとわしい声でわめきはじめた。何かの弾みでドアが破られるのではないかと不安になったが、十一時ごろになると、家の中は大きな災厄の後に訪れる不気味な静寂に包まれた。私は彼女と自分のために涙を流し、二度と顔を合わせることがありませんようにと祈った。ヒメーナ・オルティスはその日の夜に国を出て行き、二十年間姿を現さなかったが、帰国した時には私との間にできたかもしれない七人の子供を連れた、堂々とした人妻になっていた。きっと、聖人の誰かが私の祈りを半ば聞き届けてくれたのだろう。

あのような騒ぎを起こしたおかげで、自分の職と《ラ・パス日報》のコラムを失わないようにするのに苦労した。私の書く記事が十一面に追いやられたのはそのせいではなく、二十世紀とともにはじまったあるブームのせいだった。進歩が町の神話になった。何もかも変わってしまった。飛行機が飛び、ある企業家が貨物飛行機《ユンカース》から郵便袋を投下し、航空便をはじめたのだ。

変わらなかったのは、私が新聞に書いていた記事だけだった。若い世代は破棄すべき過去のミイラを前にしたように私の記事に噛み付いたが、私は改革ムードにすり寄ることなく自分のスタイルを押し通した。何を言われても一切耳を貸さなかった。当時私は四十歳になっていたが、若い編集者たちは私のコラムを《*私生児ムダーラのコラム》と呼んでいた。当時の編集長が私をオフィスに呼びつけて、新しい風潮にあわせて書くようにと言った。まるで自分が今思いついた言葉のように重々しい口調で、世界は進化しているんだよ、と言った。ええ、たしかに世界は進化しています、しかしそれは太陽の周りを回りながらのことなんです、とやり返した。編集長があのコラムを切り捨てなかったのは、おそらくべつの外電屋を見つけることがむずかしいと考えたからにちがいない。今だから言えるのだが、私の信念は間違っていなかったし、その理由も分かっている。私と同世代の若い連中は今の生活に追われ、精神面でも肉体面でも未来がもたらすはずのさまざまな幻想を捨て去り、現実を見詰め直すことで未来が自分たちの夢見ているようなものではないと悟り、過去への郷愁を見出した。私の記事は、過去の瓦礫《がれき》の中に埋もれた考古学的な遺物のように彼らのそうした思いにぴったりはまり、コラムが老人だけでなく、老いることを恐れていない若者たちにも受け入れられていることに、編集長は気づいてくれたのだ。私の記事はふたたび社説欄に復帰し、時には第一面に掲載されることもあった。

結婚について尋ねられると、私はいつも、娼婦たちがいたのでその暇がなかったんだと答えるようにしている。しかし、九十歳の誕生日を迎えた日にローサ・カバルカスの店を出ていくとき、今後は二度と運命に逆らうようなことはすまいと決意を固めたが、それまでそんな風に考えたことは一度もなかったと正直に認めなければならない。私は自分が別人になったような気がした。もっとも、そうした気分も公園の周りにめぐらしてある鉄柵のところに立っている兵隊たちを見かけたとたんに、消し飛んでしまった。家に帰ると、ダミアーナが四つんばいになって雑巾がけをしていた。歳のわりに若々しい太ももを目にして、若い頃のようにむらむらときたが、彼女がスカートで隠したところを見ると、気配を察したのだろう。そのせいでどうしても尋ねてみたくなった。ダミアーナ、ひとつ訊きたいんだが、何か思い出すことはないかね？　思い出すことなんて何もありませんが、尋ねられたので、ひとつ思い出しましたよ、と彼女が言った。それを聞いて、私は胸が苦しくなった。私は人を愛したことがないんだ、と言うと、彼女はすかさず、私はありますよ、と答え返してきた。彼女は仕事の手を休めずに、私は二十二年間あなたのことを思って泣きました、と言った。私は心臓が止まりそうになった。何とかその場を取り繕おうとして、もし結婚していたらいい夫婦になっていただろうな、と言った。今さらそう言われても、私にはあなたをお慰めすることもできやしませんよ、と言った。そして、家を出ていくときに、ごくさりげなく、信じてはもらえないでしょうが、神様のおかげで、私はいまだに他の男の方を知らないんですよ、と言った。

しばらくして、家中いたるところに真っ赤なバラが植わった鉢が飾ってあり、枕元に《ひゃくさいまで長生きされますように》と書いたカードがおいてあるのに気がついた。苦い味を噛み締めながら椅子に座ると、前日に書きかけた記事の続きを書きはじめた。二時間もかからずに一気に書き上げたが、心の奥に秘めた悲しみが読者に伝わらないよう心を鬼にして文章を搾り出した。遅まきながらふとインスピレーションが湧いて、今回の記事では死ぬなどという縁起の悪いことを言わずに、長いまっとうな人生に幸せな終止符を打つことにするという一文で最後を締めくくろうと決心した。

その記事を守衛室に預けて帰るつもりが、そうさせてもらえなかった。スタッフ全員が私の誕生祝いをしようと待ち構えていたのだ。建物が工事中だったので、いたるところに足場が組んであり、冷たい瓦礫が転がっていたが、パーティをするというので工事は中断されていた。作業用のテーブルには乾杯用のお酒と色とりどりの包装紙に包まれた誕生祝いの贈り物が並んでいた。カメラのフラッシュがまぶしくたかれ、パチパチ記念写真を撮られた。

市のラジオ局や他の新聞社の記者たちに会えたのはうれしかった。保守的な朝刊紙《ラ・プレンサ》、自由派の朝刊紙《エル・エラルド》、ぴりぴりしている社会情勢に連載ものの恋愛小説で少し潤いを与えようとしているセンセーショナルな夕刊紙《エル・ナシオナル》の記者たちが顔を見せていた。彼らが一堂に会したのは別に不思議なことではなかった。というのも、上層部が編集戦争をしていても、現場の兵隊たちの友情は変わりなく保たれているというのが、市民感情として自然に受け入れられていたのだ。

あのような時間だというのに公認検閲官のドン・ヘロニモ・オルテガも顔を見せていた。われわれは彼を《いとわしい九時の男》と呼んでいたが、それというのも夜の九時きっかりに血のように赤い鉛筆を持って野蛮な暴君のようにやってきたからだった。彼は翌日にでる新聞に検閲の目を逃れた文字がひとつもないことが確認できるまで帰らなかった。私の書くものに文法学者らしい衒《てら》いがあったせいか、それともスペイン語をカッコに入れたりイタリックにしたりするよりも強く訴える効果があると思うときはイタリア語を使ったせいか、私を毛嫌いしていた。私自身は、スペイン語とイタリア語は双子の兄弟だからそれが当然のことだと考えていた。われわれは四年ばかり反目し合っていたが、最終的に互いに相手を自分の一部、好ましくはないが自分自身の一部だと認めるようになった。

秘書たちが火のついた九十本のろうそくを立てたプディングをサロンに運び込んできたとき、はじめてロウソクという形をとった自分の年齢と向き合うことになった。みんなで誕生祝いの乾杯をしてくれたが、思わず涙がこぼれそうになった。そのとき、訳もなくあの子のことを思い出した。二度と思い出すことはないだろうと思っていたあの少女に対する恨みがましい気持ちからではなく、いまさらながら同情したのだ。天使が通り過ぎて、沈黙が流れたときに、誰かがプディングを切るようにと私の手にナイフを持たせた。からかわれてはいけないと思ったのか、その場で祝辞を述べようとするものはいなかった。私としては、お祝いの挨拶をされて、それに答えて何か言うくらいなら、死んだほうがましだと思っていた。パーティが終わりかけたときに、編集長がわれわれを仮借ない現実に引き戻した。九十歳の誕生日、おめでとう、で、記事の原稿はどこにあるんだ。

実を言うと、この間、記事の原稿がポケットの中で炭火のように真っ赤に燃えている感じがしていた。しかし、深く心を動かされたせいで、ここで自分が引退すると発表して、せっかくのパーティに水を差してはいけないと考えた。今回はパスさせてもらうよ、と私は言った。前世紀以来一度もそういうことはなく、考えられないことなので、編集長は露骨にいやな顔をした。実は昨晩ほとんど眠れなかったので、朝、目が覚めると頭がぼーっとしていてね、と私は弁解した。しかし、書いてもらわないと困るんだよな、と編集長はひどく不機嫌そうに言った。読者は、九十歳の人間がどういう暮らしをしているか、直接本人の口から聞きたがっているんだ。秘書の一人が横から口を挟んだ。きっと何かびっくりするような秘密があるんですよ。そう言いながら私のほうをいたずらっぽく見て、違いますか？　と尋ねた。とたんに私は顔が真っ赤になった。畜生、何でこんな時に顔が赤くなるんだ、と私は考えた。そのときべつの秘書がこう言った。まあ、かわいい、顔が赤くなるなんて、ナイーブなところがおありなんですね。きっと何か素敵なことがあったんですね、と最初の秘書が言った。うらやましいですわ、そう言いながら私にキスをしたので、顔に口紅がついた。カメラマンたちが勢い込んで盛んにフラッシュをたいた。私は困惑して、編集長に記事の原稿を渡すと、あれは冗談だ、原稿はここにあるよ、と言った。そのあと、今度の記事が半世紀間続けてきた仕事に対する引退表明になっていることを悟られる前に姿を消そうと思って、拍手の鳴り響く中、急いで逃げ出した。

その夜、家に戻って誕生日の贈り物の包みを開いたが、その間も不安は消えなかった。ライノタイプ印刷機の工員たちは、何を勘違いしたのかこれまで誕生祝いに贈ってくれた三台の機械とまったく同じ電動式のコーヒーメーカーをまた贈り物にくれた。印刷工たちは、市のペット飼育場へ持っていけば、アンゴラ猫がもらえる引換券をくれた。会社からは形ばかりのボーナスが出た。秘書たちはキス・マークの入った絹のトランクスを贈り物にくれて、添えられたカードを見ると、脱がせてあげます、と書いてあった。それを見て、若い女友達が、われわれ老人をもはや現役ではないだろうと高をくくって、きわどいいたずらを仕掛けてくるが、これも老いの楽しみの一つだと考えた。

シュテファン・アシュケナーゼ*の演奏でショパンの二十四のプレリュードが収められたレコードは、誰からの贈り物かついに分からなかった。記者たちの多くは話題の本を贈り物にくれた。包装を開いている時に、ローサ・カバルカスから電話がかかってきて、私としては答えたくない質問をしてきた。あの子と何があったの？　何もなかったよ、と私は深く考えもせずに答えた。何もないってことは、あの子を起こしもしなかったってことね、とローサ・カバルカスは畳みかけてきた。初めての夜だというのに、男の人から指一本触れられなかったというのは、女としては許せないのよ。いや、あの子はボタン付けの仕事で疲れきっていただろうし、初めての経験だというので不安のあまり眠った振りをしていたんじゃないかと思ってね、と言い訳をした。問題はね、とローサが言った、あの子が、あんたのが役に立たないと思い込んでいることなのよ。それをあちこちに吹聴されたりしたら、私としてはたまったものじゃないからね。

私は、うろたえて相手につけ入られるようなことはしなかった。万が一私のが役に立たないとしても、あの子はまるで寝たきりの病人のようになっていたから、寝ていようが起きていようが、かわいそうでとても手を出せたものじゃなかったんだ、と言った。ローサ・カバルカスが急に声を潜めてこう言った。今回は急ぎすぎたのがよくなかったのよ、まだ打つ手があるから、少し待ってちょうだい。あの子から事情を聞いて、もしなんなら、お金を返すように言ってみるわ、それでいいでしょう？　こちらはなんとも思っていないから、お金はいいよ、と私は言った。それに今回のことで、もうああいったお遊びをする年齢ではないと思い知らされて、いい勉強になったからね。あの子の言うとおりで、私はもう役立たずなんだ。今までの人生で経験したことのない解放感を味わいながら、私は受話器を置いた。十三の歳からずっと私を苦しめてきたくびきからようやく解放されたような気持ちになった。

美術会館のホールで催されたジャック・チボー*とアルフレッド・コルトー*のコンサートに特別招待客として招かれたが、そこではセザール・フランク*のバイオリンとピアノのためのソナタのすばらしい演奏が行われて、休憩時間に信じられないような賛辞を耳にした。われわれの偉大な音楽家で巨匠のペドロ・ビアバが引きずるようにして私を楽屋まで引っ張っていき、演奏家たちに私を紹介した。私はひどくうろたえて、彼らが演奏してもいないシューマンのソナタはすばらしかったですねと褒めたのだが、誰かが人前であからさまに私の間違いを訂正した。音楽を知らないせいで二つのソナタを取り違えたといううわさが広まった。次の日曜日、自分が担当している音楽時評であのコンサートを取り上げて、うわさを打ち消そうとしたが、説明がまずかったのか事態はいっそう深刻になった。

人を殺したいと思ったのは、長い人生でも初めてのことだった。小悪魔が耳元で、なぜあのときこうやり返して相手を叩きのめさなかったんだとささやきかけてきたが、そのせいでひどく辛い思いをしながら家に戻った。本を読んだり、音楽を聴いたりしたが、怒りはおさまらなかった。辛い、ローサ・カバルカスが電話をかけてきて、大声でわめきたててくれたおかげで、その苦しい状態から抜け出すことができた。新聞を見て安心したわ、てっきりもう百歳になっていると思ったのに、まだ九十歳だったのね。思わずカチンと来て、私はこう言い返した。そんなじいさんだと思っていたのか？　ちがうわ、あんたが元気なんで、びっくりしたって言いたかったのよ。中には年にしてはまだ元気だってところを見せようとして、年のサバを読むいやらしい年寄りがいるけど、その点、あんたは見上げたものよ。そのまま口調を変えずにこう言った。で、あんたに誕生日の贈り物があるんだけどね。私はびっくりして、何をくれるんだね？　と尋ねた。あの子よ、と彼女が言った。

私は深く考えもせず、ありがとう、だけど、もう終わったことだから、気を遣わなくていい、と言った。彼女は私の言葉に耳を貸さずにこう続けた。彼女をチャイナ・ペーパーで包み、白檀《びゃくだん》のスティックを入れて蒸し鍋でよーく蒸しあげた上で、あんたの家に送らせてもらうよ、代金はいらないからね。そう言われても、私は動じなかった。彼女が懸命になって説明しているのを聞いて、ああ、真剣に言っているんだな、と思った。あの金曜日、針と指貫を使ってボタンを二百個つけたせいで、あの子は疲れ切っていたのよ。確かに処女を失うときに出血すると聞いて、怖がっていたけど、我慢しなさいと言い聞かせておいたからさ。あんたと一緒に過ごした夜、彼女もトイレに行ったんだけど、あんたが熟睡していたので、悪いと思って起こさなかったそうだよ。で、朝、もう一度目を覚ますと、あんたはもういなかったと言ってたよ。そういうくだらない嘘はよしたほうがいい、と私が言うと、ローサ・カバルカスは、はい、はい、分かりました、だけどあの子が後悔しているることは間違いないわ、と言った。今、ここにいるんだけど、替わろうか？　いや、いい、と私は答えた。

執筆をはじめたときに、新聞社の秘書から電話があり、取締役が明日の午前十一時にお会いしたいと言っておられますと伝えてきた。私は言われた時間に社へ行った。建物が改装中だったので、あたりは耐え難いほどの騒音に包まれていて、ハンマーやドリルの音が空気を震わせ、セメントの埃と溶けたコールタールの煙が大気中に広がっていた。しかし、編集者たちは渾沌《こんとん》とした状態に慣れているのか、そんな中でもものを考える術を身につけていた。それにひきかえ取締役のオフィスはひんやりしていて、物音ひとつせず、われわれの部屋とはまったく違う理想郷のように思えた。

見るからに若々しいマルコ・トゥリオ三世は、私が入ってきたのに気づいて立ち上がると、電話の相手としゃべり続けながらデスク越しに握手を求め、椅子に座るように指示した。私は、電話口の向こうには誰もおらず、いいところを見せようとしてさも電話で話しているようなお芝居をしているのだろうと考えた。しかし、間もなく電話の相手が州知事だということが分かった。取締役は一見親しげに見えるが、その実敵対している相手と難しい交渉をしていた。知事と話している間中ずっと立ったままだったが、あれはどう見ても私の前でエネルギッシュに仕事をしているところを見せようとしていたような気がしてならない。

彼は格好をつけようとしているように思われた。二十九歳で四カ国語を操り、外国の修士号を三つ取っていたが、その点は白人女性を売買して財を成した後、ジャーナリストとしての経験をつみ、新聞社の初代終身社長に納まった父方の祖父である創業者とは大違いだった。彼は気さくに振舞っていたが、あまりにもスマートで落ち着き払っていた。堂々とした物腰態度の中で唯一危なっかしいのはその声で、なんとなく言うことが嘘っぽく聞こえるのだ。つねにスポーツ・ジャケットを着ていて、胸のボタン穴にランの生花をさしていた。身につけているものはどれも自然な感じでよく似合っていたが、あの格好では春のように温度調節をしてあるオフィスならいいが、むせ返るように暑い街路はとても歩けないはずだった。私は二時間近くかけて身なりを整えたが、自分の貧乏くさい服装に屈辱感を覚え、いっそう怒りをつのらせた。

しかし、致死量の毒がしのばせてあったのは、新聞社設立二十五周年記念のときに撮ったスタッフ一同を写した写真の中だった。そこに写っている人間で、間もなく亡くなると思われる人の上に小さな十字架のマークが打ってあった。右から三番目に写っている私はカンカン帽をかぶり、大きな結び目を作ってネクタイを締め、真珠の飾りがついたネクタイピンをしている。四十歳までひげを生やしていたが、生やしはじめたころの文民大佐風の口ひげをたくわえ、神学生を思わせる金属製の近視のメガネをかけている。実を言うと五十を過ぎてからはメガネをかける必要はなくなった。あちこちの事務室にかかっていたその写真を何度も見てきたが、そこに書かれたメッセージに目を留めたのはそれがはじめてだった。当初の四十八人の従業員のうち、生き残っているのはわれわれ四人だけで、その中で一番若いものは多重殺人罪で二十年の刑に服している。

取締役は受話器を置くと、写真に見とれている私のほうを見て、にっこり笑った。十字架を描き込んだのは私じゃないよ、それにしても趣味が悪いね、と言った。そのあとデスクの椅子に座り、声の調子を変えてこう言った。失礼な言い方だが、あなたはなんとも困った人だ。私がびっくりしているのにかまわず、こう続けた。引退のことを言っているんだよ。私はあわてて口を挟んだ。ずっと考え続けてきたことなんだ。彼は、だからこそ賢明な選択とは言えないんだよ、と言い返した。あの記事はすばらしいものだ。老いについて書かれたものとしては、私の知る限りもっともいいものだと思っている。これでもう終わりにすると明言しているけど、つまりは市民としての死を意味しているわけで、まったく意味のない言葉だよ。論説欄を組んだ時点で、《いとわしい九時の男》があの記事を読んでくれたのは幸いだった。彼は誰にも相談せず、トルケマーダ*よろしくばっさり切り捨てたからね。今朝そのことを知って、早速州政庁に抗議文を送るよう言いつけた。それは私の務めだからね。ただ、ここだけの話だが、私としては検閲官の専横に心から感謝している。あなたはあの記事をもうやめると書いているが、私としては認めるわけにはゆかない。頼むから、考え直してくれないか。船が沖合いに出ているのに、ここで見捨てるという法はないだろう。そして、いくぶん芝居がかった態度で、これからまだ音楽についてもいろいろ書いてもらわなければならないからね、と結んだ。

　相手の意思が変わりそうにないのを見て、引退して少しゆっくりしたいなどと言い出せば、事が面倒になるだろうと思い、何も言わなかった。実を言うと、問題はそのときも自分の務めを放棄するもっともな理由を見つけ出せない点にあった。しかし一方で、自分が単に仕事を引き延ばしたい一心でそれらしい理由を考え出して、取締役に伝えているところを想像しただけで、総毛立つ思いがした。人前だというのにうれしさのあまり涙がこみ上げてきて、取締役に気づかれないようにするのに苦労した。長い年月がたったあと、ふたたびもとのところに収まったというわけだった。

翌週、うれしいというよりも困惑して飼育場まで足を運び、印刷工たちが贈り物にくれた猫を引き取った。私は動物と相性が悪いのだが、しゃべるようになる前の子供もやはり苦手だった。彼らはまるで霊魂の世界に生きているように思えた。別に憎んでいるわけではないのだが、彼らとうまく心を通じ合うことができないのだ。既婚の男が、妻よりも犬のほうがウマが合うといって、決まった時間に餌を食べ、ウンチをし、たずねたことに返事をし、哀しみを分かち合うようにしつけるというのは、自然に反することのように思えてならない。しかし、印刷工たちが贈り物にくれた猫を引き取らなければ、彼らの気持ちを踏みにじることになるだろう。それに、その猫はつやつやしたピンク色の毛並みで、輝くような目をしたすばらしいアンゴラ猫で、まるで人間がしゃべっているような鳴き方をした。飼育場で柳の籠に入った猫を渡されたが、血統書と、自転車を買ったらついてくる組み立て説明書のような飼い方のマニュアルがついていた。

軍のパトロール隊が通行人の身分証明書を確認した上で、サン・ニコラス公園への立ち入りを許可していた。そういう光景は今まで一度も目にしたことがなかったし、自分の老いの兆候を目にしているようでひどく胸が痛んだ。パトロール隊は四人で構成されていて、まだ少年の面影を残している若い士官が指揮を執っていた。隊員たちは荒涼とした山岳地帯出身で、表情が硬くて口数が少なく、身体は馬小屋のような臭いがした。士官は、アンデスの山岳地方出身だが育ったのは海岸地方という人間特有の赤い頬をした隊員全体に目を光らせていた。私の身分証明書と新聞社の証明書に目を通した後、籠に何が入っているのか尋ねた。猫です、と私が答えると、彼は見せてもらえないかと言った。猫が逃げ出さないようにゆっくり慎重にふたを開けたが、隊員の一人が中に何か隠しているんじゃないかと言って、奥に手を突っ込み、猫に引っかかれた。士官が間に入ってなだめた。隊員はぶつぶつこぼしていたが、士官はかまわず、これは猫の宝石といわれるアンゴラ猫だと言って、身体を撫でた。猫は引っかきこそしなかったが、別にうれしそうでもなく、そ知らぬ顔をしていた。何歳ですか、と彼は尋ねた。さあ、贈り物にもらったばかりで、分かりませんね、と私は答えた。かなりの年ですね、おそらく十歳くらいでしょう、だから尋ねたんです。こちらとしては、なぜそんなことを知っているのかといったことや他にも聞きたいことが山ほどあった。物腰は丁重だったし、言葉遣いも丁寧だったが、彼とはしゃべる気になれなかった。これは捨て猫で、いろいろな人に飼われてきたようですね、と言った。この猫を自分の思い通りにしつけようとしてはだめですよ、逆に自分のほうから猫に合わせていくんです、そうしているうちに猫があなたを信頼するようになりますから。彼は籠のふたを閉めると、どういう仕事をしておられるんですと尋ねてきた。新聞記者です。いつからその仕事をしておられるんです？　もう一世紀近くになる、と私は答えた。そうでしょうね、と彼は言った。握手を求め、別れ際に脅しとも心のこもった忠告ともつかない言葉を口にした。

「くれぐれも気をつけてください」

正午に私は受話器をはずして、すばらしいプログラムを組んである音楽の中に逃避した。つまり、ワグナーのクラリネットと弦楽のためのアダージョ、ドビュッシーのサキソフォンのための狂詩曲、大洪水を思わせる彼の作品の中にあってエデンの園のような安らぎをもたらしてくれるブルックナーの弦楽五重奏がそれだった。私はすぐに仕事部屋の薄闇の中に溶け込んだ。テーブルの下を生物ではなく、超自然的な存在を思わせる何かが通り過ぎて、足をくすぐったので、私は悲鳴を上げて飛び上がった。神話的な血筋を引く、美しく堂々とした尻尾《しっぽ》を持った猫が神秘的なまでにゆったり歩いていた。人間以外の生き物と一つ屋根の下で暮らしていると分かって、私は悪寒を感じた。

大聖堂の鐘が七時を打った。バラ色の空では美しい星がひとつ顔を出し、港を出て行く船が悲しげに汽笛を鳴らした。結局実らなかったそれまでの恋の思い出が、*ゴルディオスの結び目のように私の喉を締めつけた。もう我慢できなくなった。心臓をどきどきさせながら受話器を取り上げ、間違えないようゆっくり慎重に四桁の番号を回した。三度目のベルで、聞きなれた声が受話器の向こうから聞こえてきた。私はほっと安堵のため息を漏らした。この前はいらいらしていたので、悪いことをしたね。彼女は動じる風もなく、気にしなくていいのよ、そのうちまたかけてくるだろうと思っていたからね、と言った。私は注文をつけた。あの子に厚化粧せず、生まれたときのままの姿でベッドで待つように言ってもらいたいんだ。彼女は喉の奥でくつくつ笑った。はい、はい、おっしゃるとおりにさせていただきます、と彼女が言った。だけど、お年寄りのお客さんは皆さん、どういうわけか服を一枚一枚脱がしていくのが好きなんだけど、その楽しみがなくなってもいいのね。ああ、知ってるよ、と私は言った。連中はそうしてどんどん老いさらばえていくんだ。それを聞いて、彼女は納得した。

「分かったわ」と言った。「じゃあ、今夜十時ちょうどに、あんたの干物が冷え切らないうちにこちらに来てちょうだい」

3

彼女をなんと呼べばいいのだろう？　女将は名前を教えてくれなかった。彼女のことを話すときは、いつもあの子《ラ・ニーニャ》と呼んでいた。目の中に入れても痛くないほどかわいい女の子《ラ・ニーニャ》、あるいはコロンブスが率いた船団の一番小さいカラベラ*船ラ・ニーニャ号にちなんで、洗礼名をあの子《ラ・ニーニャ》にしておいた。それに、ローサ・カバルカスは店の女の子たちの名前を顧客に合わせて源氏名に変えていたので、私は顔を見て、名前を言い当てるのを楽しみにしていた。あの子の場合は、最初に顔を見たときから、フィロメーナ、サトゥルニーナ、あるいはニコラーサといった長い名前をつけてもらったにちがいないと考えたが、そんな空想を楽しんでいると、彼女が寝返りを打ち、背中を向けた。ふと等身大の、身体の形をした血だまりができているように思い、一瞬背筋が寒くなったが、よく見ると、シーツについた汗のしみだった。

　ローサ・カバルカスから、初回の不安がまだ消えていないから、壊れ物のように大切に扱うように言われていた。しかし、理由はそれだけでないはずだ。最初に大層な儀式でも執り行うようなことをしたから、恐怖心が増して、睡眠薬のカノコソウの量を増やさなければならなくなったのだ。もっともそのおかげで、子守唄でもうたってやらないとかわいそうでとても起こせないほど安らかに眠っている。そこで、王の末娘で、父の愛情を一身に受けているデルガディーナの歌を小さな声でうたいながら、タオルで汗を拭いてやった。《デルガディーナ、デルガディーナ、いとしい私のデルガディーナ》とうたいながら汗を拭いていると、彼女はわき腹をこちらに見せるようになった。歌をうたいながら片方のわき腹の汗を拭き終わると、もう一方のわき腹に汗が噴き出すので、終わらないよう歌をうたいつづけたが、おかげでいつ終わるともしれない喜びを味わうことができた。《さあ、デルガディーナ、起きて、絹のスカートをおはき》と耳元でうたってやった。歌の終わりで、王の召使たちがベッドのそばへ行くと、王女は脱水症状で冷たくなっていた。あの子がデルガディーナという名前を聞いて目を覚ましそうになったように思えたので、私は彼女をデルガディーナと呼ぶことにした。

キス・マークの入ったパンツをはいてベッドに戻り、彼女のそばに横になった。穏やかな寝息を聞きながら、朝の五時まで眠った。顔も洗わず大急ぎで服を着たが、そのとき初めて洗面台の鏡に《トラは遠くで餌を食べない》と口紅で書いてあるのに気づいた。前日の夜に目にした覚えはなかったし、部屋の中に誰かが入ってきた気配もないので、きっと悪魔が私の誕生祝いにくれた贈り物だろうと思った。ドアのところで恐ろしい雷鳴がとどろき、雨の近いことを告げる濡れた大地の匂いが部屋を満たした。雨から逃れることはできなかった。タクシーを拾う前に、町を押し流すような大雨が降りはじめたが、これは五月から八月にかけて必ず襲ってくるにわか雨だった。その激しい雨で、川に向かって下り坂になっている、焼けつくような砂地の通りは奔流と化し、行く手にあるものすべてを押し流してしまう。三カ月間続いた乾季の後の九月にしては珍しい、あらゆるものを洗い流す豪雨が突然降りはじめた。

ドアを開けたとたんに、自分は一人で暮らしているのではないと強く感じた。ソファからさっと飛び降りて、バルコニーに姿を消した猫の姿がちらっと見えたのだ。私以外の誰かが入れた餌は食べ残してあった。すえたような小便とまだ温かい糞の悪臭が家中に立ち込めていた。猫を引き取るまでに、ラテン語を学ぶように一生懸命猫の飼い方を勉強しておいた。マニュアルを見ると、猫は糞をした後、その上に土をかけるが、この家のように中庭がない場合、猫は植木鉢やどこかの隅で用を足すと書いてあった。飼いはじめた日からしつけのために砂の入った箱を用意しておくといいとあったので、その通りにした。猫は新しい家に引っ越すと、自分のテリトリーであることを示すためにところかまわず小便をすると書いてあったが、今回がまさにそれだった。しかし、処置の仕方はどこにも出ていなかった。猫本来の習性を知りたいと思って、跡をつけてみたが、秘密の隠れ場も、休憩する場所も分からなかった。なぜあんなに気分が変わりやすいのかも分からなかった。決まった時間に餌を食べ、テラスに置いた砂の入った箱で用を足し、私が寝ているときにベッドに登ってこないように、また私が食事をしているときに食べ物の匂いをかがないようにしつけようとした。さらに、ここが自分の家で、戦利品として手に入れたテリトリーではないと教え込もうとしたが、うまく行かなかった。仕方なく、猫の好きにさせることにした。

夕方に激しい雨が降り、ハリケーンのような強風が吹いて家がぎしぎしきしんだ。くしゃみがとまらず、頭痛がし、熱も出てきた。しかし、なぜか分からないがいまだかつて感じたことのないような活力と気力が身体中にみなぎるのが感じられた。雨漏りのしずくを受けるために鍋を床に並べたが、そのときに去年の冬よりも雨漏りの箇所が増えていることに気がついた。一番大きな雨漏りの箇所から漏れ出した水が、書斎の右側の壁を濡らしていた。あわててそのあたりに並んでいるギリシア、ローマの作家の本を片付けたが、本棚から本を降ろしたときに、壁の奥にある壊れた雨樋から水が勢いよく噴き出しているのに気づいた。何とか本を救い出そうとして、一時しのぎにぼろくずを詰め込んだ。吹きぶりの雨音と風の咆哮《ほうこう》が公園の中で猛《たけ》り狂ったようにうなり声を上げていた。突然、不気味な稲妻が走り、雷鳴がとどろいて、あたりが強い硫黄の匂いに包まれた。海から吹きつける恐ろしい強風がバルコニーのガラスを突き破り、差し錠を吹き飛ばして家の中に吹き込んできた。しかし、十分もしないうちに風雨がぴたっと治まった。まぶしい陽射しが瓦礫に覆われた通りに照りつけ、暑さが戻ってきた。

激しいにわか雨が通り過ぎた後も、自分は一人で暮らしているのではないという思いが消えなかった。考えてみれば、現実にあったことを忘れてしまうのと同じように、実際に起こらなかったことを本当にあったことのように記憶していることがあるが、あの感覚はそんな風に考えない限り説明がつかなかった。というのも、あのにわか雨で家の中をばたばた走り回っていたときのことを思い返してみると、ひとりで駆けまわっていたのではなく、そばにいつもデルガディーナがいたような気がする。あの夜、寝室で彼女の寝息を聞き、枕の上に載せた頬から伝わってくる鼓動を感じ取っていたが、そのときと同じで彼女がすぐそばにいるように感じられた。そうでなければ、あれほど短い時間内にいろいろなことができるはずがなかった。自分が書斎のスツールに登ったことをはっきり覚えているし、目を覚ました彼女が花柄の服を着て、私が濡れないようにと本棚からおろした本を受け取ってくれたのも覚えている。彼女が雨のせいでずぶ濡れになり、嵐を相手に戦いながら家の中をあちこち駆けずり回っている姿を見ていた。次の日、それまで一度も食べたことのないような朝食を用意してくれたのを覚えているが、その間私は床の拭き掃除をし、難破した船のようになっている家の中を片付けた。一緒に朝食をとっていたときの彼女の暗い目を決して忘れることはできない。あなたがもっと若ければよかったのに。私は自分が思っていることを口にした。年というのはとるものではなく、感じるものなんだよ。

彼女の姿が鮮明に記憶に残ったので、以後自分の好きなようにイメージを作りかえることができるようになった。自分の精神状態に応じて彼女の目の色を変えた。つまり、目が覚めたときは水の色、笑うときは糖蜜色、いらいらしたときは火の色に変化させた。また、こちらの気分しだいで年齢と仕事を変え、それに合った服を着せた。二十歳の恋する見習い修道女、四十歳の高級娼婦、七十歳のバビロニアの女王、百歳の聖女といった風に姿を変えていった。二人でプッチーニの恋のデュエットやアグスティン・ララ*のボレロ、カルロス・ガルデル*のタンゴをうたったが、改めて歌のきらいな人には歌をうたう喜びがどういうものか想像もつかないにちがいないと思った。今だから言えるのだが、あれは妄想ではなく、九十歳になって経験した初恋がもたらしてくれたもうひとつの奇跡だった。

家の中が片付くと、ローサ・カバルカスに電話を入れた。おや、あんたなの、あの嵐てっきり溺れ死んだと思っていたんだよ、私の声を聞いて、彼女は大きな声でそう言った。

一晩一緒に過ごしたというのに、今回も指一本触れなかったんだってね！　いったいどういうつもりなの？　むろん、あんたの好きにしていいんだよ、だけどせめて大人らしく振舞ってくれないとね。こちらが説明しようとするのに耳を貸そうとせず、そのままの調子で続けた。いずれにしても、あの子より少し年上だけど、処女でかわいい女の子がもう一人いるんだよ。父親は家と引き換えならいいと言っているんだけど、交渉次第で値を下げさせることはできるはずだよ。私は心臓が凍りつきそうになった。いや、べつの子はいらないよ、とうろたえて答えた。あの子でいい、あの子ならいつもと同じで大きなミスを犯したり、けんかをしたり、いやな思い出が残ることもないからね。電話口の向こうでしばらく沈黙が続いた。そして、自分に言い聞かせているような落ち着いた口調でこう言った。分かったわ、たぶんお医者さんの言う老人性痴呆ってのにかかっているのね。

余計なことを訊かないという珍しい長所を備えた運転手のタクシーで、夜の十時に向こうへ行った。小型の扇風機とオルランド・リベーラ*の描いた、私の好きな《小さな肖像》と題された絵、それに絵を吊るすためのハンマーと釘を携えて行った。途中で車をとめてもらい、歯ブラシ、歯磨き粉、香水入りの石鹸、フロリダ水、緩和作用のあるカンゾウの錠剤を買い込んだ。素敵な花瓶、それに造花のいやな臭いを消すために黄色いバラの花束を買おうとしたが、花屋がどこも開いていなかったので、仕方なくよその家の庭にもぐりこんで、咲いたばかりのアストロメリアの花を盗んだ。

女将から、果樹園の門から入ると人に見られるかもしれないから、水道橋のある裏通りから入るように言われていたので、そちらに車をつけてもらった。運転手が、あの店では人が殺されることもあるので、気をつけてくださいよ、博士、と忠告してくれた。愛のために死ぬのなら、本望だよ、と答えた。中庭は暗かったが、六つある部屋から明かりが漏れていて、騒々しい音楽が聞こえてきた。あてがわれた部屋では、ラテンアメリカを代表するテノール歌手ドン・ペドロ・バルガスがミゲル・マタモーロス*のボレロを歌っている熱っぽい声が大音量で鳴り響いていた。間もなく死ぬのではないかという予感がした。息をあえがせてドアを開けると、デルガディーナが記憶にあるのと同じ姿勢でベッドに横たわっているのが見えた。素裸で、左側を下にしてすやすや眠っていた。

　ベッドに横になる前に、化粧台を片付け、錆びた扇風機に換えて新しいのを置き、彼女がベッドにいても見える位置に絵を吊るした。そのあと彼女のそばに横になると、身体をつぶさに眺めた。嵐の日に家の中を歩き回っていた女の子とまったく変わらなかった。暗闇の中で私に触れた手、猫のように音を立てずに歩く足、私のシーツにしみついた汗の匂い、指貫をした指、どれもこれも同じだった。信じられないことだが、生身の彼女をこの目で見、指で触れているのに、目の前にいる彼女よりも記憶にある女の子のほうが現実味があるように思えた。

お前の正面に一枚の絵がかかっている、と私は語りかけた。この《小さな肖像》を描いたのは、私たちがとても愛していた一人の男だが、彼は売春宿ではついぞ見かけたことがないほどのダンスの名手で、悪魔にも同情するほど心優しい人間だったんだ。彼はサンタ・マルタのネバーダ山脈に墜落した飛行機の焼け焦げた布に船舶用のワニスを使い、飼い犬の毛で作った絵筆であの絵を描いたんだよ。あそこに描かれている女性は尼僧で、彼が尼僧院からかどわかして、結婚したんだ。お前が目を覚ましたとき、真っ先に目に入るように吊るしておくよ。

真夜中の一時に明かりを消したときも、彼女はまだ姿勢を変えていなかった。寝息があまりにも静かだったので、生きているかどうか確かめようと脈を取ってみた。彼女の血液はまるで歌をうたうように滑らかに血管の中を流れ、身体の隅々まで血を送りこむと、ふたたび愛によって清められた心臓へと戻っていった。

明け方、部屋を出て行く前に、紙に彼女の手相を書き写し、それをディーバ・サイビーに見てもらった。そうね、この人は自分が心に思ったことしか口にしないわね。手仕事をさせたら完璧にやるわ。この人とつながりのある人はすでに死んでいて、その人からの援助を期待しているけど、それはまちがいね。彼女が求めている援助は手の届くところにあるわね。まだ結婚していないけど、死ぬのはもっと先のことで、それまでに結婚しているわ。今付き合っているのは色の浅黒い人だけど、その人は生涯の伴侶にはならない。子供はほしければ八人までできるけど、作るのは三人でしょうね。頭ではなく心の導くとおりにすれば、三十五歳で大金を手にし、四十歳で遺産を相続するでしょう。あちこちを旅行するでしょうね。二つの人生を生き、二つの運命を持つことになり、自分の運命を変えることもできるわ。好奇心に駆られてあらゆることを試してみたくなるけど、心の声に耳を傾けないと後悔することになるわ。

私は恋わずらいにかかっていたけれども、暴風雨のせいで壊れた箇所を修理してもらった。他にもあちこち傷んだ箇所があるのは分かっていたが、お金がなかったか、面倒くさかったせいで長年放置してあったところもそのときに修理してもらった。書斎にも手を入れ、本を読んだ順番に並べた。最後に、ピアノラ*にクラシック音楽のロールを百本以上つけて歴史的な遺品として競売にかけ、ハイファイ・スピーカーのついた、中古ではあるが、私が持っているものよりも性能のいいレコード・プレーヤーを買い込んだ。おかげで、家の中が以前よりも広くなったように感じられた。いつ死んでもおかしくない年になっていたので、自分がこの年になってまだ生きているという奇跡だけで十分に思われた。

家は瓦礫の中からふたたびよみがえり、私はこれまで一度も経験したことのないほど充実し、幸せな思いを抱いてデルガディーナへの愛に生きていた。彼女のおかげで、九十年の人生ではじめて自分自身の真の姿と向き合うことになった。私は、事物には本来あるべき位置が決まっており、個々の問題には処理すべきときがあり、ひとつひとつの単語にはそれがぴったりはまる文体があると思い込んでいたが、そうした妄想《オブセション》が、明晰な頭脳のもたらす褒賞《ほうしょう》などではなく、逆に自分の支離滅裂な性質を覆い隠すために考え出されたまやかしの体系であることに気がついた。教育を受けたちゃんとした人間のように見せかけているのは、なげやりで怠惰な人間であることに対する反動でしかなく、度量の小さい人間であることを隠すために寛大な振りをしているに過ぎず、何事によらず慎重なのは、ひねくれた考え方をしているからであり、人といさかいをしないのは抑えに抑えた怒りに身を任せたくないからであり、時間を厳守するのは、人の時間などどうでもいいと考えていることを悟られないためだということに気がついた。そして最後に、恋というのは魂の状態ではなく、十二宮の星宮の位置によるものだということを発見した。

私は人が変わったようになった。若い頃に指針を与えてくれた古典を読み返そうとしたが、どうしてもついていけなかった。かつて母親が厳しく教え込もうとしたときは反発を感じたロマンティックな文学にのめりこみ、それを通してこの世界を動かしてきた抗《あらが》いがたい力が幸せな恋ではなく、報われなかった恋だということに気づいた。音楽に対する私の好みも大きく変化したが、そうと分かって自分が時代についていけないほど老いたと感じ、以後偶然がもたらしてくれるこの上ない喜びに心を開くようになった。

私は惑乱状態にあって、訳が分からなくなっていた。そういう状態になるのを恐れつつ、一方で挑みかかってもいたのだが、そんな中でどうして敗北を受け入れることができたのか今もって分からない。あの頃は流れゆく雲の間をふわふわ漂い、ひょっとしたら自分がどういう人間か分かるかもしれないという空しい期待を抱いて鏡の前に立ち、自分自身を相手に話し合ったものだった。ひどい錯乱状態におちいっていたので、石や瓶が飛び交う学生デモの際に、《私は恋狂いしている》という自分の信念を書きつけたプラカードを持ってデモ隊の先頭に立ちたいという気持ちを必死になって抑え込んだ。

眠っているデルガディーナの姿を思い浮かべてひどく辛い思いをしたせいで、悪意はまったくなかったが、日曜版の記事を書く上での心構えを変えた。テーマがどういうものであっても、彼女のために笑い、彼女のために泣きながら記事を書くように心がけた。ひとつひとつの言葉と共に私の命が縮んでいった。これまでずっと用いられてきたお決まりのゴシップ記事風のスタイルに変えて、読んだ人が自分のラブレターだと思えるようなスタイルで書いてみた。その中で私は、書いたテキストをライノタイプ印刷機にかけるのではなく、私がペンで書いたフローレンス風の字体をそのまま版に起してみたらどうだろう、と提案した。編集長がまたしても、私が老人性の虚栄心に駆られたと考えたのも無理はなかったが、取締役はそんな彼を、いまだに編集室でささやかれている言葉で説得した。

「考え違いをしちゃだめだ。おとなしい狂人は未来を先取りするんだよ」

一般読者からすぐに熱狂的な反響があり、恋している人たちから沢山の手紙が届いた。ラジオのニュース番組で最新のニュースと一緒に私の書いた手紙のいくつかが読み上げられ、謄写版《とうしゃばん》、あるいはカーボン紙で複写されて密輸のタバコのようにサン・ブラス街で売られるようになった。言うまでもなく自分の思いを表明したいという熱い思いに駆られてあのようなラブレターを書きはじめたのだが、いつの間にかそういう思いを込めて書くのが習慣になってしまった。私は老人らしい考え方がついに身につかなかった九十歳の男性の声でつねに語るようにしていた。知識人たちは例によってあいまいな態度を示し、考え方もばらばらだった。さらに、予測もしなかった筆相学者なる連中がしゃしゃり出てきて、私の筆跡について怪しげな分析を行い、論争を巻き起こした。人々の考えをさまざまに分裂させ、論争をかきたてた元凶が彼らなのだが、おかげで過去への郷愁がひとつの流行になった。

年の瀬が押し詰まる前に、私はローサ・カバルカスと話し合って、この先気持ちよくあの部屋で過ごせるように扇風機や化粧台で使う小物、そのほか必要な品々をそろえるように頼んだ。店には十時に行くようにしていたが、そのときは必ず彼女のため、あるいは自分たち二人のために変わった小道具を持っていくようにしていた。向こうで二、三分かけて、われわれ二人の夜が芝居がかったものになるようにちょっとした舞台装置を組み立てた。五時前に帰るようにしていたが、その前に鍵をかけて道具類をしまいこんだ。とたんに、あの部屋は顧客が物悲しい愛の営みのためにたまたま使うことになる元の殺風景な部屋に戻った。ある朝の明け方、ラジオでもっとも人気のあるアナウンサーのマルコス・ペレスが月曜日のニュース番組で、私が日曜版に書いた記事を読み上げているのが聞こえてきた。何とか吐き気をこらえた後、総毛立つような思いで彼女に話しかけた。いいかい、デルガディーナ、名声というのは太った奥さんみたいなものなんだ、一緒にベッドに入ることはないけど、こちらが目を覚ますと、決まってベッドのそばでわれわれをじっと見詰めているんだよ。

そんなある日、私は居残ってローサ・カバルカスと二人で朝食をとった。厳しい喪に服し、婦人用の黒の縁なし帽を眉のところまで深くかぶっていたが、以前のようにひどく老い込んだ感じはしなかった。彼女の作る朝食は味がいいと評判で、トウガラシがたっぷり入っているせいで、よく涙を流しながら食べたものだった。一口食べたとたんに口の中がかっと焼けるように熱くなり、ぽろぽろ涙をこぼしながら私はこう言った。今夜は満月でもないのに、お尻が焼けるように熱いんだ。こぼしなさんな、と彼女が言った。お尻が熱いってことは、神様のおかげでまだお尻がついているってことじゃないの。

　私がデルガディーナという名前を口にすると、彼女はびっくりしたようにこちらを見た。そんな名前じゃないよ、あの子は、と言いかけた。私は彼女をさえぎるように、いや、言わなくていい、私にとってはデルガディーナなんだ。彼女は肩をすくめた。何のかんのといっても、あの子はあんたのものだから、別にかまやしないけどさ。だけど、なんだか利尿剤みたいな名前だね。私は彼女に、あの子が鏡に書いた、トラがどうこうという一文のことを話した。それはあの子じゃないよ、ローサが言った。だってあの子は読み書きができないんだよ。じゃあ、誰なんだろうな？　彼女は肩をすくめた。ひょっとするとあの部屋で死んだ誰かかもしれないね。

　そんな風にして朝食をとりながら、私はローサ・カバルカスに自分の思っていることをぶちまけ、あの子が幸せになって、美しい女の子に育つようにこまごまと気を配ってやってもらいたいと頼んだ。彼女は女学生のようないたずらっぽい笑みを浮かべて、二つ返事で引き受けてくれた。ほんとにおかしいわね、まるであの子に結婚を申し込んでほしいと私に頼んでいるみたいね、と言ったのはそのときのことだった。いっそのこと、と彼女は急に思いついたように言った。あの子と結婚したらどう。それを聞いて、私は棒を飲んだように硬直した。まじめな話、そのほうが安くつくわよ。要するにあんたたちくらいの年齢の男性が抱えている問題は、ものの役に立つかどうかなんだけど、その問題はもう解決済みだって言っていたでしょう。私はそんな彼女をさえぎって言った。セックスというのは、愛が不足しているときに慰めになるだけのことだよ。

彼女は声を立てて笑った。さすが博士ね、前々からあんたが男らしい男だということは分かっていたし、実際ずっとそうだったけど、あんたに敵対していた人たちが戦線離脱したというのに、あんただけは相変わらずだから、喜んでいるんだよ。あんたのことがあれこれうわさされるのも当然だね。マルコス・ペレスを聞いた？　あれはみんなが聞いているよ、私は話題を変えようとしてそう言った。しかし、彼女はしつこく食い下がった。カマーチョ・イ・カーノ教授も昨日ラジオ番組「ちょっぴりあらゆることを」の中で、あんたみたいな男の数が少なくなったので、世界は以前と違うものになってしまったと言っていたよ。

あの週末、デルガディーナは熱があり、咳をしていた。ローサ・カバルカスを起こして、置き薬があればもってきてくれないかと頼むと、すぐに応急薬が入った薬箱をもってきてくれた。二日たった後もデルガディーナはまだ回復しておらず、いつものボタンつけの仕事に行けなかったという話だった。彼女は普通のインフルエンザにかかっていて、一週間ほどでよくなるので、家庭でこれこれの処置をしなさいと書いた処方箋をもらってきていたが、その処方箋の中で医師は彼女の栄養状態があまりにも悪いと書いていたそうだ。彼女と会わないようにしていたが、物足りないような気がしてならなかったので、彼女のいないあの部屋の片付けをした。

私はセシリア・ポーラス*がアルバロ・セペーダ*の短編集『われわれはみんな待っていた』のために描いたデッサンも携えていった。それに、眠れない夜をやり過ごすためにロマン・ロランの『ジャン・クリストフ』を持っていった。だから、デルガディーナが部屋に戻ってこられるようになったときには、腰を落ちつけて幸せな時間を過ごせるはずだった。部屋には芳香剤入りの殺虫剤をまき、壁をピンク色に塗りなおし、明かりにはシェードをかけ、花瓶に新しい花を生け、私の愛読書を並べ、母が残してくれたすばらしい絵を現代的な感覚に合わせて自分の家とは違った風にかけた。古いラジオに代えて短波の新しいラジオを持ち込み、モーツァルトの四重奏を聴きながら眠れるようにと周波をクラシック音楽の放送局に合わせておいた。しかし、ある夜気がつくと、流行のボレロばかりを放送している局に周波を合わせてあった。むろん彼女の趣味だが、別に残念だとは思わなかった。というのも若い頃は私も熱を入れてそうした音楽に聞きほれていたからだった。翌日家に帰る前に、鏡に口紅で《いとしい子よ、私たちはこの世で一人ぽっちだ》と書きつけた。

その頃に、彼女が実年齢よりも早く大人っぽくなっているような奇妙な印象を受けた。ローサ・カバルカスにその話をすると、この十二月五日で満十五歳になるんだから、当たり前じゃない、と答え返してきた。あの子は射手座の真ん中に生まれているのよ。その口ぶりから星占いの星宮が年齢と同じくらい現実味を帯びていることに私は不安を覚えた。贈り物をするんだったら、何がいいだろう？　自転車がいいんじゃない、とローサ・カバルカスが答えた。ボタンつけの仕事で日に二回町を横切らなければならないのよ。彼女が店の奥の部屋に置いてある、デルガディーナの自転車を見せてくれたが、彼女のように人から愛されている女の子が乗るにはふさわしくない、おんぼろ自転車のように思われた。しかし、それを見て、デルガディーナが現実の世界で生きているという確かな実感が得られて、胸が熱くなった。

あの子のために最高級の自転車を買いに行ったが、少し試乗してみたいという誘惑に駆られて、百貨店のスロープをぐるぐる回ってみた。店員が年を訊いてきたので、老人特有のこびるような口調で、間もなく九十一歳になるんだ、と答えた。店員からは予測したとおりの返事が返ってきた。どう見ても七十代にしか見えませんよ。学校で教えていた頃によく口にしていた言い回しを忘れずにいたことが不思議でならなかったが、ともかくそう言われて身体が浮き立つほどうれしくなった。歌が自然と口をついて出た。最初は自分のために小さな声でうたっていたが、その後偉大なカルーゾ*の気取ったうたい方を真似て大声を張り上げながら、雑多な店の並んでいる商店街や狂ったように車が走っている公設市場の間を自転車で走った。人々はそんな私を愉快そうに眺め、大声で話しかけたり、車椅子でコロンビア一周自転車競走に参加したらどうだい、と声をかけてきた。私はそんな彼らに幸せな航海家のように手を振って応えたが、その間も歌をうたい続けた。その週に、十二月へのオマージュとして、《九十歳で自転車に乗って幸せになる方法》という大胆な記事を新たに書いた。

　誕生日の夜に、デルガディーナにあの歌を最後までうたってやり、息が切れるまで全身にキスをしてやった。脊椎《せきつい》、そのひとつひとつの骨、ゆるやかな曲線を描いているお尻、ホクロのあるわき腹、休まず鼓動している心臓のあるわき腹といった具合に。私がキスをしていくにつれて、彼女の身体が熱くなり、野生の香りがしはじめた。キスをする場所を一インチずらすごとに、彼女の身体はぴくんぴくんと反応した。そのたびに身体がこれまでと違う熱を発し、独特の味がし、新たなうめき声がもれた。彼女の全身が内側から分散和音《アルペッジオ》で反応し、触れてもいないのに乳首が大きく花開いた。明け方うとうとしたときに、海の中の無数の生き物のざわめきが聞こえ、心臓の中を木々が狂ったように駆け抜けるのが感じられた。私はバスルームへ行き、鏡に《いとしいデルガディーナ、降誕祭のそよ風が吹いてきたよ》と書き付けた。

あの朝に感じためまいにも似た感覚は、ずっと昔、小学校から帰るときに経験したのとおなじものだが、自分のもっとも幸せな思い出のひとつになっている。あれはいったい何だったのだろう？　女の先生がぼんやりした様子で、ほら、そよ風よ、あれが見えないの？　と言ったのだ。それから八十年後、デルガディーナのベッドで目を覚ましたときに、同じ感覚を抱いた。毎年十二月になると決ってそうなのだが、空は青く澄み、砂嵐が吹き、通りを竜巻が吹きぬけて、家の屋根を吹き飛ばし、女学生のスカートを捲《めく》り上げていた。その季節になると、町は現実離れしたものに変わる。そよ風の吹く夜は、町の高みにある地区で暮らしていても、公設市場がすぐそばにあるかのようにそこの喧騒が聞こえてくる。また、十二月に突風が吹くと、遠くの売春宿にしけこんでいる友人たちの声が聞こえてくることも珍しくなかった。

しかし、そよ風と一緒にデルガディーナが私とではなく、家族とクリスマスを過ごすことになるかもしれないという暗いニュースも伝わってきた。私がこの世でいちばん嫌いなのはお義理で出席するパーティで、そういうところで人はうれしいからと言って泣き、花火が打ち上げられ、うんざりするようなクリスマス祝歌が鳴り響き、二千五百年前に貧しい馬小屋で生まれた赤ん坊と何の関係もないクレープ・ペーパーの花飾りが飾られるのだ。しかし、当日の夜になると人恋しくなって、彼女のいないあの部屋へ出かけていった。ぐっすり眠ったが、目が覚めるとそばに、まるでホッキョクグマのように二本足で歩くぬいぐるみの熊がおいてあり、《ハンサムじゃないパパへ》と書いたカードが添えてあった。以前ローサ・カバルカスが、デルガディーナはあんたが鏡に書いた文字で字を読む練習をしているよと教えてくれたことがあったが、彼女の書く字はすばらしくきれいな感じがした。しかし、ローサから、あの熊は私からの贈り物だよと告げられて、がっくり力を落とした。新年を迎える夜は、八時から家のベッドにもぐりこみ、別に悲しい思いをすることもなく眠った。私は幸せだった。というのも、十二時になると、教会の鐘が狂ったように鳴り響き、工場と消防署のサイレンがうなり声を上げ、船の物悲しい汽笛が大気を震わせ、銃声がとどろき、花火の音がひびいたが、そんな中、デルガディーナが爪立《つまだ》って部屋に入ってきて私のそばに横になると、キスをしてくれたのだ。それがあまりにも現実的だったので、私の口の中にカンゾウの匂いが残ったほどだった。

4

新しい年を迎えると、目が覚めた状態で一緒に暮らしているようにあの子と理解し合えるようになった。というのも、私は眠っている彼女を起こさないように小さな声で話しかける方法を見つけたし、彼女はそんな私に対して肉体の自然言語で答え返すようになったのだ。最初の頃は疲れ切っていた上に、粗野なところが垣間見えたが、内面的に落ち着いてくるにつれて顔が輝くばかりに美しくなり、見る夢も幸せなものに変わっているようだった。私は自分の人生を語ってやり、日曜版の記事の原稿を読んで聞かせた。その記事には名前こそ出さなかったが、彼女が出てくる、というか彼女のことしか出てこなかった。

母がつけていたエメラルドのイヤリングを枕元においてやったのはその頃のことである。次に会ったとき、彼女はそれをつけていたが、あまり見栄えしなかった。次のとき、彼女の肌の色に合うようなイヤリングを持っていった。私は、前に持ってきたのはお前の体型や髪形に合わなかったね、今度のはよく似合うはずだよ、と語りかけた。そのあと二回会ったがつけてこなかった。三回目のとき、以前に指示したイヤリングをつけてきた。それを見て、この子は言う通りにしないけれども、私を喜ばせようとして機会を待っていたんだなと考えた。その頃になると、あそこで過ごす時間が日常生活のようになっていたので、裸で寝るのをやめて、中国絹のパジャマを着るようになった。それまで身につけなかったのは、それを着て一緒にベッドに入る相手がいなかったからだった。

最初にフランスの作家サン＝テグジュペリの『星の王子さま』を読んで聞かせてやったが、この作家はフランスというよりもむしろ全世界の人たちから愛されている。彼女を起こさないで楽しませてやることのできた最初の本がそれだったが、とても気に入ったようなので、二日がかりで読み上げた。ついで、ペローの『童話集』、聖書の中の物語、子供向けに翻訳された『千一夜物語』などを読んでやった。作品の性格はまったく異なっているが、それぞれの物語に対する関心の度合いによって彼女の眠りの深さが違うことに気づいた。もういいだろうと思うところまで読み進むと、明かりを消し、彼女を抱きしめて一《いち》番鶏《ばんどり》が鳴くまで眠った。

とても幸せな気分にひたっていたので、眠る前にそっとまぶたにキスしたが、ある夜、夜空に輝く星のような出来事があった。彼女がはじめて微笑を浮かべたのだ。その後、これといった理由もないのに寝返りを打つと、私に背を向けて怒ったように言った。カタツムリを泣かせたのは、イサベルだったのよ。ひょっとしたら彼女と話ができるのではないかという期待に胸を躍らせて、声の調子を変えずに尋ねた。誰のカタツムリだい？　返事は返ってこなかった。粗野で品のない声は彼女ではなく、身体の中に住み着いているべつの人間がしゃべっているような感じがした。私は眠っている彼女のほうが好きだ、そう考えたとたんにすべての迷いが吹っ切れた。

唯一頭痛の種が猫だった。食欲がなくなり、人を寄せ付けなくなった上に、丸二日間お気に入りの場所で力なくぐったりしていた。柳の籠に入れて、ダミアーナに獣医のところへ連れて行ってもらおうとしたが、傷ついた野獣のように引っかいてきた。言うことを聞かなかったが、暴れるのをかまわず麻袋に詰めて、運んでもらった。しばらくすると、ダミアーナが飼育場から電話をかけてきて、処分するしかないそうで、その許可をもらいたいとのことですと連絡してきた。どうしてだ？　年をとっているからだそうです、とダミアーナが答えた。自分もいずれ猫を焼却する炉で焼き殺されるかもしれない、そう考えると無性に腹が立ってきた。どうしていいか分からず、無力感に打ちひしがれた。結局猫を愛することができなかったのだが、その一方で年をとっているという理由だけで処分するのに同意する勇気もなかった。マニュアルを読んでも、どこにもそういった難問に対する答えは出ていなかった。

その事件にひどい衝撃を受けて、ネルーダ*から《猫はサロンの小さな虎だろうか》というタイトルを拝借して、日曜版の記事を書いた。その記事のせいで新たな論争が巻き起こり、読者は猫を支持するものとそうでないものに二分された。五日経つと、世論は公衆衛生上の理由で猫が処分されるのは仕方ないが、年をとったという理由で殺されるのは認めがたいという方向に傾いた。

　母親が死んだ後、眠っている間に誰かに身体を触られるのではないかという恐怖のせいで眠れなくなったことがある。ある夜、母がそばにいるような気がしたが、そのときに《わが子よ、かわいそうに《フィリオ・ミオ・ポヴェレット》》という母の声を聞いて気持ちが落ち着いた。ある日の明け方、デルガディーナの部屋でふたたび誰かに触られたような気がして、あの子が触ったにちがいないと思い込み、身体が震えるような喜びを覚えた。しかし、暗闇の中で私に触れたのは彼女ではなく、ローサ・カバルカスだった。服を着て一緒に来てほしいの、と彼女が言った。とんでもないことが起きたのよ。

　彼女の言うとおり、想像もしなかった深刻な事態が生じていた。店の上客の一人が、別棟のとっつきの部屋でナイフで刺し殺されていたのだ。犯人はすでに逃走していた。ベッドの血だまりの中に図体の大きな男が、靴は履いていたが素裸で横たわっていた。その身体は蒸しあげた若鶏のような色をしていた。部屋に踏み込んだとたんに、それが大銀行家のJ・M・B・だと分かった。優雅で人当たりがよく、しゃれもので通っており、とりわけ私生活がきれいなことで知られていた。首筋のところに唇と同じ紫色の傷が二カ所、それに腹部に一カ所深い傷があり、そこからはまだ血が流れ出していた。死後硬直ははじまっていなかった。身体につけられた傷よりも、死後にすっかりしぼんでしまったペニスの先に、おそらくまだ使われていないはずのコンドームがついていたのが印象的だった。

あの銀行家も特別に果樹園のところから入ってもいいと言われていたので、ローサ・カバルカスも彼が誰と一緒に来たのか知らなかった。相方が男だという可能性も捨て切れなかった。遺体に服を着せるのを手伝ってもらいたいというのが彼女の頼みだった。落ち着き払った態度を見て、彼女の意識では死体を扱うのは何かを料理するのと変わりないのではないだろうかと思えて、こちらが不安になった。死体に服を着せるのは生半可なことじゃないよ、と私は言った。後は神様にお任せしようと思ってこうしたんだよ、と彼女は言い返してきた。誰かに手伝ってもらったほうがずっと楽なんでね。私はそんな彼女にこう言った。しみひとつないイギリス紳士風の服装をしているが、服を脱がすとナイフでめった突きにされていたとなれば、どんな人間だっておかしいと思うはずだよ。

デルガディーナのことを考えたとたんに、身体が震えだした。あんたがここから連れ出してやるのが一番いいよ、とローサ・カバルカスが言った。その前に死体を始末しなければいけないだろう、そう言ったが、口の中がからからに乾いていた。彼女はそんな私に気づいて、軽蔑したように言った。なんだい、震えているのかい。あの子のことを考えたからだよ、そう弁解したが、半分だけ本当だった。人が来る前にここを出て行ったほうがいいと教えてやらないといけないよ。そうだね、と彼女が言った。もっともあんたはブンヤさんだから、心配ないだろうけどさ。きみだってそうじゃないか、私は少し腹を立てて言った。自由派の人間で、現政府に対して命令できるのはあんたくらいのものだよ。

この町は、住民の気性が穏やかで、昔から安全な土地だというのでいい評判を立てられていたが、不幸なことに毎年一件だけぞっとするような殺人事件が持ち上がって、騒ぎを引き起こした。ただ、今回の事件はそれと関係がなかった。見出しが仰々しいわりに内容は貧困な公式ニュースによると、理由は不明だが、若い銀行家がプラドマールの路上で襲われ、ナイフで刺し殺されたとのことだった。銀行家と敵対している人間はいなかった。州政府は公式発表で、おそらく国の内陸部から逃亡してきた人間による犯罪であり、向こうでは、この町の市民感情ではとうてい理解できないような犯罪行為が日常的に行われていると報じていた。そして、あっという間に五十人以上の容疑者が逮捕された。

私はびっくりして、法曹関係の編集者に会いに行った。緑色のセルロイドのひさしがついたキャップをかぶり、袖口をゴム輪で留めた、いかにも二〇年代のブンヤといった感じのするその編集者は、事件のことは何でも知っているという顔をしていたが、その実、断片的な情報しかもっていなかった。私は自分が教えられるぎりぎりのところまで情報を与えてやった。われわれは十分信用できる情報ソースに基づいて、姿なき永遠の殺人者に関する第一面、八段抜きの記事になるよう二人がかりで原稿用紙五枚分の記事を書き上げた。しかし、《いとわしい九時の男》、つまり検閲官がわれわれの書いた記事をばっさり切り捨て、銀行家は自由派の盗賊に襲われ、殺害されたという公式発表を押し付けてきた。私はめったに見られないほど盛大で、なんともシニカルな葬儀に参列し、悲しげに哀悼の意を表すことで罪の意識を洗い流した。

あの夜家に戻ると、デルガディーナのことが気になって、ローサ・カバルカスに電話を入れた。しかし、それから四日間誰も電話に出なかった。五日目に意を決して彼女の店へ行ってみた。警察ではなく、保健所の手でドアというドアはすべて封印されていた。近所の人に尋ねてみたが、何も分からなかった。デルガディーナに関して何の手がかりも得られなかったので、私は必死の思いで、ときにはばかげて見えるほど一生懸命額に汗しながら探し回った。ほこりっぽい公園のベンチに腰を下ろし、自転車に乗った若い娘たちをじっと観察したが、そうした公園では子供たちが表面の剝げ落ちたシモン・ボリーバル*の像によじ登って遊んでいた。雌鹿のようにかわいくて素直で、鬼ごっこをすればすぐにつかまりそうな若い女の子たちがペダルをこいでいた。あの子を探し出せそうにないと分かって、私は静かなボレロの中に逃避した。ボレロの単語のひとつひとつが彼女のように思え、媚薬《びやく》でも飲んだように酔い痴れた。ものを書いているときに音楽が聞こえると、そちらに気をとられて執筆に支障をきたすので、静かな環境の中でないとものが書けなかった。それが今では逆転して、ボレロを聞きながらでないと書けなくなっていた。毎日あの子のことを考えて暮らした。あの二週間に書いた記事はどれもラブレターの格好のお手本になった。投書が山のように届いたせいでむくれた編集長が、自分たちが恋に悩む大勢の読者を慰める方策を考えつくまでの間、あまり恋について書かないようにしてほしいと言った。

毎日動きまわっていたおかげで、辛い日々をやり過ごすことができた。朝の五時に目が覚めると、私は薄暗い部屋にうずくまって、デルガディーナが弟や妹を起こし、学校へ行くよう服を着せ、食べるものがあれば朝食を作ってやり、自分は辛いボタンつけの仕事をするために自転車で町を横断しているといった、とても現実とは思えないあの子の生活を想像したものだった。そのときにふと不安になって、ボタンつけの仕事をしている女性はいったいどんなことを考えるのだろう？　彼女は私のことを考えているだろうか？　彼女も私の居場所を突き止めようとして、ローサ・カバルカスを探しているだろうか？　と考えた。昼も夜も自動車整備士のようなつなぎを着たまま、シャワーも浴びず、ひげもそらず、歯も磨かずに丸一週間過ごした。というのも、人を愛するのが遅すぎたせいで、誰かのために身だしなみを整えたり、服装をきちんとしたり、香水をふりかけるといったことに気が回らなくなっていたのだ。これまで私にはそういう相手がいなかった。朝の十時に、私が裸でハンモックに寝転がっているのを見て、ダミアーナはてっきり病気にかかっていると思い込んだ。彼女が物欲しげな濁った目をしているのに気がついて、どうだね、二人で裸になってもつれ合わないかと言うと、さも軽蔑したような顔でこう言った。

「私がもしハイと言ったら、どうするんです?」

それを聞いて私は、苦悩のあまり自分がどれほど腐り果てた人間になっているか改めて思い知らされた。思春期の少年のように恋わずらいにかかっているのが、自分でも信じられなかった。電話のそばにはりついていなければと思い、家から一歩も外に出なかった。受話器をかけたままで執筆し、ベルが鳴るとローサ・カバルカスかもしれないと思ってあわてて受話器をとった。しょっちゅう仕事を中断しては彼女のところへ電話を入れた。何日も電話をかけ続けたあと、ついに、電話機には優しい思いやりなどないのだと思い知らされた。

雨の午後、家に戻ると、猫が玄関の階段のところにうずくまっていた。薄汚れ、いじめられたせいでかわいそうなほどおとなしかった。マニュアルを読んで、病気にかかっていると分かったので、本の指示通りに励まし、元気づけてやった。シエスタの時間にうとうととしていたが、そのときにふと、ひょっとしたらこの猫がデルガディーナの家まで連れて行ってくれるかもしれないという考えがひらめいた。買い物袋に猫を入れ、ローサ・カバルカスの店まで行ったが、ドアの封印はまだはがされておらず、人の住んでいる気配は感じられなかった。そのとき猫が突然暴れだして、買い物袋から飛び出すと、果樹園の塀を乗り越えて木立の間に姿を消した。私はそこの門を拳でドンドン叩いた。すると、軍人らしい声が門を閉めたままこう尋ねてきた。誰だ？　ここで負けてはいけないと思い、味方だ、と答えた。この店の女将を探しているんだ。女将なんておらん、と声が答えた。だったら、猫を捕まえたいので、せめて門を開けてくれないか。猫などおらん、と答え返してきた。あんたは誰なんだ、と尋ねた。

「誰でもない」と声が答えた。

私はそれまで、恋のために死ぬというのは詩の中の話でしかないと思っていた。しかし、あの日の午後、猫だけでなくあの子まで失ってふたたび家に戻ったが、そのときにふと恋のために死ねるだけでなく、私のような老人で、しかも身よりもない人間でも恋わずらいで死ぬような苦しみを味わうことがあるのだということに思い当たった。けれども、同時にその逆、つまり恋わずらいがもたらしてくれる喜びが何ものにも代えがたいというのも真実だと気づいた。それまで十五年以上、レオパルディ*の書いた歌詞を何とか訳そうと無駄な努力を重ねてきたが、あの午後初めてその言わんとすることがはっきり理解できた。《ああ、これが恋なら、なんと辛いものだろう》

無精ひげを生やし、つなぎを着たまま新聞社へ行ったが、私を見て頭がどうかしたのではないかと思った人もいた。社屋が改装されて、天井灯のついたガラス張りの個室ができていたので、まるで産院にでも入ったような感じがした。快適でひっそりした人工的な雰囲気の社内にいると、自然に声が小さくなり、爪立って歩かないといけないような気持ちになった。広い玄関ホールには、植民地時代に亡くなった副王*のように三代にわたる終身社主の油絵の肖像画と著名な訪問客の写真がずらりと並んでいた。大ホールには、私の誕生日の午後に撮った編集部の巨大な写真が飾ってあった。それを見て、私が三十代のときに撮った同じような写真を思い浮かべ、改めて現実よりも肖像写真のほうが老い込みが激しく、無残な感じがすることに気がついた。誕生日の午後にキスをしてくれた秘書が、どこかお悪いんですかと尋ねてくれた。私は幸せな気持ちになって、どうせ信じてもらえないだろうと思いつつ、恋わずらいなんだ、と本当のことを言った。すると、あら、相手が私でなくて残念ですわ、と彼女は言った。そのお世辞に対して、さあ、それはどうかな、と答え返した。

法曹関係の編集者が、市営の円形劇場で身元不明の若い女性二人の遺体が発見されたとわめきながら個室から飛び出してきた。私はびっくりして、何歳くらいの子だ？　と尋ねた。若い女だ、という返事だった。現体制が雇った殺し屋に追われて内陸部からこの町まで逃げてきたらしい。私はほっとため息をついた。いやな状況が血のしみのようにじわじわわれわれのところまで迫ってきているんだな、と私は言った。遠く離れたところから、あの編集者が大声でこう答え返した。

「しみは血じゃなくて、糞尿ですよ、博士」

数日後、それ以上にいやな出来事があった。猫を入れていたのと同じ籠を持った若い女の子が《世界書店》の前を悪寒のようにさっと通り過ぎたのだ。真昼時の喧騒の中、私は人ごみをひじで掻き分けるようにして後を追った。とてもかわいい子で、長い脚で大勢の人でごった返している中をすいすい進んでいったので、追いつくのに苦労した。ようやく追いついて、正面に立って顔を見たが、その子は立ち止まりもしなければ、ごめんなさいとも言わず手で私を押しのけた。イメージにあるような子ではなかったが、その傲慢《ごうまん》な態度があの子を彷彿させて胸が詰まった。そのときに、デルガディーナが目を覚まして服を着ていたら、彼女だとは分からないだろうし、彼女もやはり私の顔をまともに見たことがないのだから、会ったとしても誰だか分からないにちがいないと考えた。私は狂気の発作に駆られて、あの子の思い出と結びついているような歌を聴くことも、うたうことも、思い出したりもするまいと思い、丸三日間編み物をして、赤ん坊のはく青とピンク色の小さな靴を編み続けた。

正直言って、自分の心をどう処理していいか分からなかった。それに恋をしているはずなのに、自分がふがいなく、情けなくて、しみじみ老いを感じるようになった。商業地の中心で自転車に乗った女性が市バスに轢《ひ》かれるという事件があったが、そのときにいっそうドラマティックな形で自分の老いを思い知らされた。その女性はちょうど救急車で運び去られたところだった。生々しい血の海の中に自転車がぺしゃんこになって転がっているのを見ただけで、悲劇的な事故の大きさが見て取れた。しかし、私が衝撃を受けたのはつぶれた自転車のありさまではなく、その商標、型式、色を見たせいだった。デルガディーナの誕生祝いに贈ったのとまったく同じ自転車だったのだ。

現場を目撃した人たちは口をそろえて、事故にあったのはとても若くて、背が高く、痩せていて、短い髪をカールした女の子だったと証言した。動転した私は、通りかかった最初のタクシーに乗って、慈善病院に駆けつけた。そこは砂州の上に座礁したように建っている黄土色の壁に囲まれた老朽化した病院で、どことなく監獄を思わせた。中に入るのに三十分かかり、果樹のかぐわしい香りのする中庭から出るのにさらに三十分かかったが、そこで患者らしい女性が私の行く手をさえぎり、目の奥をのぞきこむようにしてこう叫んだ。

「あんたが捜しているのは私じゃないよ」

それを聞いて、市の精神病院の患者でおとなしい人たちがここに収容されていて、病院内で自由にさせてもらっているという話を思い出した。病院の事務所で身分証明書を見せて新聞記者だと告げると、看護士が救急病棟まで案内してくれた。入院患者の書類を見せてもらうと、ロサルバ・リーオス、十七歳、定職なし、診断結果、脳震盪《のうしんとう》、所見、要注意、と記入してあった。断られるだろうと思ったが、病棟長に患者に会わせてもらえないかと尋ねると、ひょっとしたら病院の荒廃ぶりを記事にしていただけるかもしれませんからねといって、快く病室まで案内してくれた。

石炭酸の強い匂いが鼻をつき、患者でひしめいているベッドの並ぶ雑然とした部屋を通り抜けた。探している患者は奥の個室の金属製のストレッチャーに横になっていた。頭部に包帯がぐるぐる巻かれ、顔は見分けがつかないほど腫れ上がってあざだらけになっていた。しかし、足を見て、あの子でないことがはっきりした。そのとき、もし本人だったら、自分はどうしていただろうと自問した。

眠気が、まだクモの巣のように絡み付いていたが、翌朝気持ちを奮い立たせて、いつだったかローサ・カバルカスがあの子が働いていると言っていたシャツ工場まで足を伸ばした。経営者に、国連の大型プロジェクトのモデル工場としてここの施設を紹介したいので、中を見学させてもらえないかと頼んだ。口数が少なく、厚皮動物のような感じのするレバノン人の経営者は、ひょっとすると工場が世界のお手本になるかもしれないと期待して、自分の王国のドアを開けてくれた。

額に聖灰をつけた三百人の若い女の子たちが、明るい灯火に照らされた広々とした工場の中で、白い作業服を着てボタンつけの仕事をしていた。われわれが中に入ってきたのに気づいて女学生のように背筋をしゃんと伸ばし、経営者が大昔から伝わるボタンつけの技術の効能について説明している間、上目遣いにこちらの様子をうかがっていた。この中に服を着、目覚めているデルガディーナがいるのではないかという恐怖に駆られながら、女の子たちの顔を一人ひとり眺めた。女の子の一人が先に私だと気づいたが、その目にはあからさまな賞賛の念が浮かんでいた。

「あっ、あなたですよね、新聞にラブレターを書いておられるのは？」

眠れる少女を愛したばかりにこんなことになるとは予測もしていなかった。これで失礼しますとも言わなければ、煉獄の中にいる乙女たちの中に捜し求めている少女がいるかもしれないことも忘れて、大急ぎで工場から逃げ出した。外に出たが、そのときの自分に残されていたのは、泣き出したいような気持ちだけだった。

一カ月後にローサ・カバルカスが電話をかけてきて、銀行家が殺されたあと、ほとぼりが冷めるまでカルタヘーナ・デ・インディアスでゆっくりしていたのよ、と信じられないような釈明をした。むろんそんな話は信じなかったが、ああ、それはよかったね、と言ったあと、気になって仕方のない質問をするまで、彼女が長々としゃべる作り話につき合った。

「で、彼女はどうしている?」

ローサ・カバルカスは長いこと黙りこくっていた。ようやく、あそこにいるわよと言ったが、声に力がなかった。しばらく時間を置かないとね。どれくらいだね? 分からないわよ、そんなこと、またこちらから連絡を入れるわ。あの子が私のもとから逃げていきそうな気がして、あわてて言った、少し待ってくれ、何でもいいから、手がかりがほしいんだ。そんなものはないわ、彼女はそう言うと、こう結んだ。気をつけるのよ、あんたの身に危険が及ぶかもしれないし、とりわけあの子が危ないのよ。私はその手の、奥歯にものの挟まったような言い方に慣れていなかった。真実に少しでも近づきたいので、少しでもいいから本当のことを教えてくれないか、どの道われわれは共犯者なんだからね、と言った。しかし、彼女はそれ以上踏み込んだことを言わなかった。まあ、落ち着いて、と彼女は言った。あの子は元気にしていて、あんたから電話がかかってくるのを待っているわ、だけど今は動いちゃダメ、これ以上言わせないでよ、じゃあね。

私はどうしていいか分からず受話器を持ったまま立ち尽くした。彼女の人となりはよく心得ていたので、いくら押してもそれ以上何も聞き出せないことは分かっていた。昼過ぎに、理性よりも偶然にすがって、こっそりあの店の周りをうろついた。ドアは閉まっていたし、保健所の封印もまだはがされていなかった。ローサ・カバルカスは別のところ、おそらくは別の町から電話をかけてきたのだろう。そのときにいやな予感がした。しかし、午後の六時、まったく予測もしていないときに、電話のベルが鳴り、私は合言葉を口にした。

「ああ、今は大丈夫だ」

夜の十時に、私は泣くまいとして唇を噛み締め、ぶるぶる震えながら店へ行ったが、両腕にはスイス製のチョコレートや糖蜜で固めたアーモンド菓子、キャラメル、それにベッドを覆い尽くそうと思って燃えるようなバラの入った籠を抱えていた。ドアは半開きになっていて、明かりがともされ、ラジオからはブラームスのバイオリンとピアノのためのソナタ第一番が中くらいの音量で流れていた。ベッドに横たわっているデルガディーナは輝くばかりに美しく、別人のようになっていたので、彼女だと分かるまでに少し時間がかかった。

彼女は明らかに成長していた。背丈が伸びたというのではなく、二、三歳年をとったように女らしく成熟していたので、その裸体は今までにないほど印象的だった。高く突き出した頬骨、荒々しい海の陽射しに焼かれた肌、薄い唇、短く刈ったカールした髪、それらが*プラクシテレスのアポロ像を思わせる両性具有的な輝きをもたらしていた。しかし、見間違えることはなかった。胸乳《むなぢ》は手に納まりきらないほど大きくなっていたし、腰は女性らしくくびれ、骨格もよりしっかりした調和の取れたものになっていた。私は自然の巧みな技に魅せられたが、人工的な化粧、つまりつけまつげや手足の爪に塗った真珠母貝色のマニキュア、愛とはおよそ無縁な安物の香水に戸惑いを覚えた。さらに、彼女が身につけている高価な装飾品を見て、思わずかっとなった。彼女はエメラルドの飾りのついた金のイヤリングに本真珠のネックレスをつけ、ダイヤモンドをちりばめた金のブレスレットをし、五本の指につけている指輪には本物の宝石がついていた。また、椅子の上にはスパンコールと刺繍の入った夜会服と繻子《しゅす》の靴が置いてあった。それを見てむらむらと怒りがこみ上げてきた。

「これじゃ売春婦じゃないか」と私は叫んだ。

悪魔が私の耳に忌まわしい考えを吹き込んだ。つまり、犯罪のあった夜、ローサ・カバルカスはあの子に注意を促すだけの時間的余裕もなければ、平静さも失っていた。中に入ってきた警官たちは、店にたった一人残っていたあの子が未成年で、しかもアリバイがないことに気づいた。あのような状況になれば、ローサ・カバルカスはどんなことでもやってのける。彼女は自分が罪に問われないようにするために、警官の一人に処女のあの子を売り飛ばした。そして、事態が落ち着くまで姿をくらました。実に鮮やかなものだ！　二人はベッドに入り、ローサ・カバルカスは処罰されることもなく、豪華なテラスでのうのうと過ごした。つまり、三人はそれぞれにハネムーンを過ごしたというわけだ。わけの分からない怒りに駆られた私は、部屋にあったもの、つまりランプ、ラジオ、扇風機、鏡、つぼ、グラスといったものをひとつずつ思い切り壁に投げつけた。ゆっくりと、しかし休むことなく投げ続けたから、ものの壊れる大きな音が響き渡った。酒に酔ったようになっていたが、どこかに冷静さが残っていたので、私は命拾いをした。最初にガシャンと大きな音がしたとたんに、あの子は飛び上がった。しかし、私のほうを見ようとせず、背中を向けたまま身体を丸めた。すさまじい音がするたびに、びくんと身体を痙攣させたが、音が止《や》むまでその姿勢を崩さなかった。明け方、中庭にいる雌鶏《めんどり》と犬のせいで騒ぎがいっそう大きくなった。怒りで頭の中が真っ白になっていたが、最後に建物に火をつけてやろうと考えた。そのとき、寝巻き姿のローサ・カバルカスが落ち着き払った態度でドアのところに姿を現した。彼女は何も言わなかった。部屋の惨状を見回し、あの子が身体を丸め、両腕で頭を抱え込み、おびえてはいるが、どこも怪我《けが》していないことを確認した。「あら、まあ、やってくれたわね」とローサ・カバルカスが大きな声で言った。「こんなことになるんなら、この子を紹介するんじゃなかったわね」

あわれむような目で私の全身を眺めた後、こう言った。部屋を出ましょう。私は彼女の後についていった。彼女は黙って水の入ったグラスをおくと、前に座るように指示した。そして、どうしてあんなことをしたのか尋ねた。ねえ、と彼女が言った。もう少し大人らしく振舞ってくれない、いったいどうしたのよ？

私は自分の脳裏にひらめいた真実を洗いざらい話した。ローサ・カバルカスは驚いた様子もなく黙って私の話に耳を傾け、ようやく納得がいったという顔をした。見事な勘繰りね、と言った。つねづね言っているんだけど、嫉妬というのは真実以上に知恵が回るものなのよ。それから、本当のことを包み隠さず話してくれた。実を言うと、と彼女は話しはじめた。事件のあった夜はすっかり動転してしまって、部屋にいるあの子のことを忘れていたの。常連客の中に、殺された銀行家の弁護士をしている人物がいて、その弁護士が八方手を尽くし、賄賂をばら撒いた。そして、ローサ・カバルカスに、ほとぼりが冷めるまでカルタヘーナ・デ・インディアスのホテルでゆっくり静養してきたらどうですと勧めた。

その間一度も、とローサ・カバルカスが言った。あんたやあの子のことを忘れたことはないわ、これは誓って本当よ。二日前にこちらに戻ってきて、真っ先にあんたのところに電話をしたんだけど、誰も出なかったわ。あの子は電話をすると、すぐに来たけど、あまりひどい格好をしていたので、シャワーを浴びさせ、服を着せ、女王様のようにおめかしをするように美容院に行かせたの。仕上げは見ての通り、見事なものでしょう。豪華な衣装？　ああ、あれはうちで働いている貧しい女の子がお客さんと踊りに行くことになったので、お金を渡して借りさせたのよ。宝石？　あれは私のよ。触れば分かるけど、ダイヤみたいなのは、ガラス玉で、貴金属に見えるのは、ブリキにめっきしたものなの。だから、そんなにカッカする必要はないわ。そして、こう締めくくった。さあ、あの子を起こして、謝りなさい、それから、もうこの辺であの子の面倒を見てやったらどうなの。あんたたちくらい幸せな人間はいないわよ。

彼女の話をすんなり信じることはできなかったが、愛は理性よりも強かった。売春婦どもめ！　と、私は自分の内臓が焼けるような激しい怒りに駆られて言った。どいつもこいつもみんな同じだ、と私はわめいた。くそったれの売春婦め！　きみやこの世界に生きている売春婦のことなど知りたくもない、あの子だって同じだ。もう二度とこの店には足を踏み入れないと身振りで示した。ローサ・カバルカスは私の決意が固いことに気づいた。

「それじゃあ、神のご加護がありますように」彼女は悲しそうに顔を引きつらせながらそう言うと、店の経営者としてこう続けた。「いずれにしても、壊した部屋は弁償してもらいますからね。勘定書きはそのうち回させてもらうわ」

『*三月十五日』を読んでいるときに、《人は、ほかの人から、あれはこれこれの人だと思われているような人間にならずに終わることはありえない》という不吉な一文を目にしたが、作者はこの文章をユリウス・カエサルのものだとしている。ユリウス・カエサルの作品はもちろん、*スエトニウスから*カルコピノにいたる伝記作家の作品も調べてみたが、出典を確かめることはできなかった。しかし、あの一文は知っておくだけの価値があった。宿命論的なあの言葉とあれから数カ月間の自分の人生を結びつけて考えると、単にこの回想録を書くというだけでなく、恥も外聞も捨ててデルガディーナへの愛でこれを書きはじめるように私を突き動かしたのが、宿命論的なあの一文であったような気がしてならない。

　あのころはたえず心が騒いで、食事もほとんど喉を通らず、ひどく痩せてしまい、ズボンがぶかぶかになった。それまで身体のあちこちを移動していた痛みが骨の中にとどまり、訳もなく気分がころころ変わり、夜は妙な具合に目がさえて眠れないのに、本を読むことも音楽を聴くこともできなくなった。そのくせ、何の前触れもなく突然昼間眠気に襲われてうとうとするのだが、夜はいっこうに眠れなかった。

精神的な安らぎは天から降ってきた。ロマ・フレスカ公園の人が大勢乗っているゴンドラに乗ったとき、いつ乗り込んだのか分からないが、隣の席の女性が私の耳元で、まだ頑張っているの？　とささやきかけてきた。その女性はカシルダ・アルメンタという名前で、若くて高慢だった頃から私が常連客として熱心に通い続けた昔なじみの娼婦だった。彼女は身体を壊し、幸い借金もなかったので、あの世界から身を引くと、野菜作りをしている中国人と結婚したが、その中国人のおかげで一家の主婦の座を手に入れるとともに、愛情も少しばかり得ることができた。七十三歳になった今も体重は昔と変わらず、以前と変わりない美貌と性格の強さを保っていて、あの種の仕事についている女性特有の奔放なところは今も変わっていなかった。

海に通じる道路わきの丘陵に中国人たちが働いている農園があり、そこの家まで彼女に連れられて行った。シダと、葉が生い茂っているアストロメリアに囲まれた薄暗いテラスに並べたビーチ・チェアに腰を下ろしたが、軒先からは鳥かごが吊り下げられていた。丘陵の裾野では農園で働いている、円錐形の帽子をかぶった中国人たちが焼けつくような陽射しの下で野菜の種をまいているのが見え、その向こうにボカス・デ・セニーサの灰色の海が広がっていた。海の中に何レグアスも石積みの防波堤が延びていて、それが川の水を海へ導いていた。二人でしゃべっていると、河口から真っ白な大西洋横断航路の船が入ってくるのが見えた。河口の港で船が雄牛のような陰気なうなり声を上げるまで、われわれは黙って船を見詰めた。彼女はほっとため息をつくと、ねえ、ベッドであなたを迎えなくなってもう半世紀以上経つわね、と言った。お互いもう年だよ、と私は言った。私の言葉に耳を貸そうとせず、彼女はこう続けた。ラジオであなたのことがいろいろ取りざたされて、みんなが愛情を込めてあなたを褒めたり、愛の達人と言ったりすると、そのたびに私ほどあなたが床上手なことや、魅力的なことを知っている人間はほかにいない、と考えるの。正直言って、攻め立ててくるあなたを受けて立てるのは私しかいなかったはずよ。

私はこらえ切れなくなった。彼女は敏感に察知して、涙に濡れた私の目をのぞき込んだ。私が昔の私でないことにそのときはじめて気づいたにちがいない。自分でも信じられないほどの勇気を持って彼女の視線に耐えた。もう年だってことだよ、と私は言った。お互い様よ、と彼女がため息混じりに言った。だけど、人は自分の内側から老いを感じるのではなくて、外側にいる人たちがそう見なすだけの話よ。

彼女を前にすると、心を開かないわけには行かなかった。そこで、満九十歳の誕生日の前夜にはじめてローサ・カバルカスに電話をしたときのことから、部屋中のものをめちゃめちゃに壊し、以後二度とあの店に足を向けなくなった悲劇的な夜に至るいきさつをすべて話したが、あの夜のことを考えると、今も私の内臓が焼けるように熱くなる。彼女は私の話にまるで自分が今経験しているかのように熱心に耳を傾け、ゆっくり反芻《はんすう》した後、にっこり微笑んだ。

「あなたの好きにしていいけど、その子を手放してはダメよ」と言った。「一人で死んでいくなんて悲しすぎるじゃない」

われわれは、馬みたいにのろのろ走るおもちゃのような小さな電車に乗って、コロンビア港へいった。虫に食われた桟橋の前で昼食をとったが、ボカス・デ・セニーサが浚渫《しゅんせつ》される前は、その港から世界中の人がこの国に入国したものだった。われわれがシュロ葺きの小屋に腰を下ろすと、でっぷり太った黒人の中年女性たちがココヤシのプディングと青いバナナのスライスを添えた白身魚のフライを給仕してくれた。午後二時のむせ返るような暑さの中でうとうとしながら、ロウソクのように燃えている巨大な太陽が海に沈むまでの間、いろいろな話をした。まるで夢の中にいるようだった。とんでもない新婚旅行になったわね、と彼女はからかうように言った。その後真剣な表情でこうつづけた。自分の過去を振り返ってみると、何千人もの男たちが私のベッドの上を通り過ぎていったわ。だけど、その中で一番パッとしない男でもいいから、とにかく捕まえておかないといけないのよ。私の場合幸いなことに、ちょうどいいときに中国人の旦那が現れたの。小指と結婚したようなものだけど、あの人は私だけのものよ。

彼女は私の目の中をのぞき込むと、自分の語った話にどう反応したかを見届けた上で、こう言った。今すぐかわいそうなその子を探しに行きなさい。嫉妬のあまりあなたが勘ぐったことが本当だったっていいじゃない。とにかく精一杯楽しんで生きなさいよ、それだけは人からとやかく言われる筋合いはないんだから。でも、いいこと？　年寄りくさいロマン主義にひたってはダメよ。あなたは臆病で、外見もぱっとしないけど、その代わり悪魔が馬も顔負けするような一物《いちもつ》をくれたんだから、その子を起こして、それで全身を貫いてやりなさい。まじめな話、魂の問題は横へ置いて、生きているうちに愛を込めて愛し合うという奇跡を味わわないといけないわ。

翌日、電話のダイヤルを回したが、デルガディーナにまた会えるという緊張感と、ローサ・カバルカスがどんな風に答え返してくるか分からないという不安のせいで、手が震えた。私がめちゃめちゃに壊したあの部屋を弁償するように求められたが、その要求額が法外だったので、大喧嘩になった。おかげで、母が一番愛していた絵の一枚を手放さざるをえなくなった。計算上は一財産手に入るはずだったが、実際に売却すると、期待していた金額の十分の一にもならなかった。その金に手持ちの貯金を加え、《受け取るかどうかは、そちらの考え次第です》と書いた最後通牒《つうちょう》を添えてローサ・カバルカスのところへ持っていった。彼女がもし私の秘密のひとつを誰かに売り飛ばせば、それだけで私が築き上げた名声は地に落ちていたはずだから、あれは自殺行為に等しかった。しかし、彼女は別に怒ることもなく、大喧嘩した夜に抵当として預かっていた絵画をすべていただいておくわと言った。私はたった一回の賭けで、デルガディーナを失い、ローサ・カバルカスを失い、最後に残った貯金も失い、文字通り一文無しのすってんてんになってしまった。しかし、電話のベルが一度、二度、三度と鳴り、電話口の向こうから彼女の、どうしてるの？　と言う声が聞こえてきた。私は声が出ず、そのまま受話器を下ろした。ハンモックに寝転がると、サティの禁欲的で叙情味をたたえた曲を聴いて、気持ちを静めようとしたが、滝のように汗が流れて、ハンカチがべたべたになった。翌日まで電話をかける勇気が出なかった。

「やあ」と私はしっかりした声で言った。「今日は大丈夫だ」

むろんローサ・カバルカスは、それまでのことにまったくこだわっていなかった。あら、久しぶりね、悲しみの博士、とため息をつきながらではあったが、いつもと変わらない元気な声で答え返してきた。二カ月もご無沙汰して、また無理な頼みごとをしようっていうの。彼女は、デルガディーナとは一カ月以上会っていない、私が大暴れしたせいでショックを受けたが、その傷も癒《い》えて、もうあの頃の話もしないし、私のことも尋ねなくなった、今ではボタンつけよりも楽で実入りのいい新しい仕事が見つかってすっかりご機嫌でいる、と語った。内臓を焼き尽くす熱い炎が波のように押し寄せてきた。売春婦以外にそんな仕事はないだろう！　と私は言った。ローサは平然とこう言った。ばかなことを言わないでよ、だったらこの店で働いているはずでしょう。それとも他にもっといい店があるっていうの？　間髪をいれずにもっともな答えが返ってきたので、逆に疑念が深まった。そこで働いていないかどうか確かめようがないだろう？　そこまで言うんなら、と彼女は言い返してきた。何も知らないでいるのが一番いいわね。そうじゃない？　私はまた彼女が憎らしくなった。彼女は自分が軟化したことを示そうとして、あの子の居場所を当たってみると約束した。ただ、あの子の家の隣に住んでいる人の電話がつながらなくなったし、どこに住んでいるのかも分からないので、あまり期待しないでね。だけど、思いあまって自殺したりしちゃ、ダメよ。一時間ほどで電話を入れるから。

一時間と言ったが、実際には三日かかった。それでも、元気でいつでも来られる状態にあるあの子を見つけ出した。私は恥じ入りながらふたたび店に足を向け、夜の十二時から一番鶏の鳴く明け方まで、罪の償いをするように彼女の全身にキスをした。長い時間をかけて許しを請うたが、この儀式をこれからも永遠に続けて行くと心に誓った。まるで最初からもう一度やり直しているような気持ちになった。部屋の家具はすべて取り払われていたし、備品も乱暴な扱いをしたせいで姿を消していた。彼女は業者に手を入れないように命じた上で、元はといえばあんたのせいでこんなことになったのだから、改装するなら自弁でやってもらいますからね、と言った。そう言われても、私は経済的に破産状態にあった。年金はどんどん目減りしていたし、家にわずかに残っている売れそうなものも、母親の残した神聖な宝石類を別にすれば、単に古いというだけで商品的価値はなく、骨董品としても売れそうになかった。景気のいい頃は、知事がギリシア、ローマ、スペインの古典文学の作品を州議会の図書館のために買い上げましょうかという心そそる申し出をしてくれたが、あのときはこちらが決断できなかった。その後、政情が変化し、世の中が荒廃してしまって、州政府の人間は誰一人、芸術や文学に関心を示さなくなった。いくら知恵を絞ってもいい解決策が見つからず、くたびれてしまい、デルガディーナが返してくれていた宝石類をポケットにねじ込むと、質に入れようと思って公設市場に通じる陰気な路地に踏み込んだ。

教養ある人間がうっかりして踏み込んだような顔をして、怪しげな飲み屋や古本屋、質屋がひしめいている貧民街を何度となく往復したが、誇り高いフロリーナ・デ・ディオスのことを考えると、ためらいが生じてどうしても中に入ることができなかった。そこで私は意を決して、町一番の老舗《しにせ》で、信用のおける宝石店に胸を張って堂々と入っていった。店員は片眼鏡《モノクル》をかけて宝石を調べながら、私にいくつか質問をした。物腰態度といい、しゃべり方といい、医者にそっくりだったので、こちらはうろたえてしまった。それは母親が遺産として残してくれたものだと説明した。私の説明を聞きながら、店員はうなるような声を出してうなずき、最後にモノクルをはずした。

「申し訳ありませんが」と彼は言った。「すべてまがいもので、値のつけようがありません」

呆然としている私に向かって、穏やかな同情をこめてこう言った。金とプラチナが本物だったので、よかったですよ。私はポケットに入れていた保証書をつかみながら、率直に言った。

「宝石は百年以上前にこの店で買い求めたものなんだがね」

店員は表情を変えずにこう言った。親から譲り受けた宝石の場合、時間がたつとともに次々になくなっていくというのはよくあることです。家族間のいさかいが原因のこともあれば、たちの悪い宝石商の手ですりかえられたりすることもあります。それが分かるのは、たいていご家族が売りに出されたときなのです。少々お待ちください。そう言うと店員は宝石を持って奥のドアの向こうに姿を消した。しばらくして戻ってくると、何も言わず客用の椅子に座るよう指し示し、仕事を続けた。

私は店内を見回した。昔、母親に連れられて何度かここを訪れたことがあったが、そのとき母は決まって《お父さんに言うんじゃないよ》と言っていたのを思い出した。ふと、ローサ・カバルカスとデルガディーナが共謀して宝石を売り飛ばし、まがいものの石がついた宝飾品を私に返したのではないかという疑念が浮かんで、背筋に冷たいものが走った。

そう考えたとたんにかっと身体が熱くなったが、そのとき、秘書がついてくるように言った。彼女の後について奥のドアから入ると、中は分厚いファイルの並んでいる長い本棚のある小さなオフィスになっていた。雲つくような大男のベドウィン族*の店主が奥のデスクから立ち上がり、握手を求めながら、旧知の人間のように親しげに話しかけてきた。高校時代は学校が一緒でしたね、と挨拶代わりに言った。すぐに昔のことを思い出した。彼はサッカーの名選手で、われわれがはじめて売春宿へ行ったときのリーダー格だった。あるときからぷっつり見かけなくなったが、私がすっかり年をとり面変わりしてしまったので、昔の同級生と見間違えたようだった。

デスクのガラス板の上に古いファイルが開いて置いてあったが、そこに母の宝石に関する記録が残っていた。つまり、美しくて誇り高いカルガマントス家の女性が二世代にわたって受け継いできた石を、母親がまがいものにすり替えたということが日付を含めて詳細に記されていた。母が本物の宝石をこの店に売り飛ばしたのだが、それは今の店主の父親に当たる先代が店を切り盛りし、現在の店主と私が学校に通っている頃の出来事だった。店主は、急にお金が入用になったが、家名には傷をつけたくないという苦しい状況に追い込まれた名家の方が皆さんおやりになることです、と言って慰めてくれた。その辛い現実を突きつけられて、私は自分の知らないもう一人のフロリーナ・デ・ディオスの思い出として宝飾品を大切にとっておくことにした。

七月のはじめには、死がいよいよ間近に迫ってきたと実感するようになった。心臓の具合がおかしくなり、いたるところで終末の近いことを告げる予兆が現われ、それと感じ取れるようになった。中でも、美術会館で起こった出来事がもっともはっきり記憶に残っている。エア・コンディショナーが壊れ、芸術と文学の精華とも言うべきものが、人でごった返し、蒸し器のようになっているサロンの中で蒸しあげられていたが、音楽の魔術が人を天上にいるような気分にさせた。最後に、アレグレット・ポコ・モッソ*が鳴り響いたが、そのときに、死を迎える前に運命が私に最後のコンサートをもたらしてくれたのだと感じて、身体が震えるような感動を覚えた。苦痛や恐怖は感じなかった。それどころか、こうした感動を味わうことができたという圧倒的な喜びが私の全身を包み込んだ。

汗みずくになって、人々が互いに抱擁し合ったり、写真をとっている中をかき分けて進んだが、そのときに車椅子に乗った、百歳になんなんとする女神のようなヒメーナ・オルティスにばったり出会った。目の前にいる彼女が、自分の犯した大罪のように私にのしかかってきた。彼女はその肌と同じようにすべすべした象牙色の絹のチュニックをまとい、本真珠のネックレスを三重にして首にかけていた。真珠母貝色の髪の毛は二〇年代にはやった、頬のところで先のとがったカモメの翼のようにカットしてあり、大きな黄色い目は自然にできた眼の周りの隈のせいでいっそう引き立って見えた。記憶力がどうしようもなく衰えて、頭がぼけているとうわさされていたが、外見を見る限りそんな感じはしなかった。彼女を前にしてどうしていいか分からず、身体が石のように固まってしまったが、かっと顔が熱くなるのをどうにか抑え、何も言わずにヴェルサイユ風に優雅なお辞儀をした。彼女は女王様のような微笑を浮かべ、私の手を握った。そのとき、これもまた私の無罪を証明するために運命が与えてくれたチャンスだと考え、この機会を生かしてずっと以前から心の傷になっていたトゲを抜こうと考えて、このような機会が訪れるのを長年の間夢見ていました、と言った。彼女は私の言っていることが理解できないようだった。何ですって、と彼女が言った。あなたは誰なの？　彼女が本当にあのことを忘れてしまったのか、それとも残された人生の最後の羞恥心がそう言わせたのかは分からなかった。

五十歳になる少し前に、あのときと似た状況の中で間違いなく自分は死ぬと確信したことがあった。カーニバルの夜で、象のように身体の大きな女性と荒々しいタンゴを踊ったが、彼女は私より体重で四十ポンド*、身長で四十センチ大きかったので、顔はまったく見えなかった。けれども、ステップは風に吹かれる羽のように軽やかだった。身体をぴったり寄せ合っていたので、相手の血管の血の流れまで感じ取れた。苦しそうな息遣いやアンモニアのような体臭、途方もなく大きな胸に包まれて心地よくうとうとまどろんでいるような気持ちになっていたが、そのとき生まれてはじめて《いくら頑張っても、お前は年内、あるいはこの百年のうちに永遠の死を迎えるだろう》という死神の怒声が響き渡り、全身が震え、危うく倒れそうになった。彼女はびっくりして身体を離し、どうしたの、と尋ねてきた。なんでもない、と心臓を押さえながら私は言った。

「きみのことを考えて、震えているんだよ」

それ以来、一年単位でなく、十年単位で自分の人生を考えるようになった。五十代は、ほとんどの人が自分より年下だと気づいたという意味で、決定的であった。六十代は、自分にはもう誤りを犯すだけの時間が残されていないと考えたせいで、密度の高いものになった。七十代は、これが最後の十年になるかもしれないというので、不安な思いを抱いた。しかし、デルガディーナの幸せなベッドで九十歳の誕生日にあたる日の朝を迎えて、目を覚ましたときに、まだ生きていると分かって、愉快な考えが頭をよぎった。つまり、人生というのはヘ*ラクレイトスのいう荒々しい川のようなものではなく、グリルの上に載せられ、片側が焼けると、くるりとひっくり返されて、さらに九十年かけてじっくり焼きあげられる、そういう機会が与えられるようなものではないだろうかと考えた。

　私はひどく涙もろくなった。人の優しさと関わりのあるような感傷的な出来事に出会うと、喉に熱いものがこみ上げてきて、中々抑えられなくなるのだ。自分がいつ死ぬか分からないということよりも、私がいなくなったらデルガディーナはどうして暮らしていくのだろうと考えると、胸が苦しくなり、そのせいで眠っている彼女を眺めるという孤独な喜びを放棄しようとさえ考えた。そんな風に心が揺れ動いていたある日、うっかりしてあの高貴な公証人街に踏み込んでしまったが、まだ十二歳にもなっていないころにむりやり愛の手ほどきを受けさせられた古い連れ込みホテルが瓦礫の山になっているのを見てびっくりした。かつてそこは昔の海運業者の一族が住んでいた邸宅で、市内でも数少ない壮麗な建造物だった。円柱には雪花石膏《アラバスター》の薄板が張ってあり、その上部の帯状装飾には真鍮の飾りがついていた。中庭の上には七色のガラスをはめたドームがあり、中に入るとまるで温室にいるように上からまぶしい光がふりそそいできた。一階には通りに面してゴシック風の玄関がついているが、そこには一世紀以上前から植民地時代風の公証人事務所が店を構えていた。生涯現実離れした夢を追い続けた私の父はそこで仕事をし、成功を収め、破滅した。上の階に住んでいた由緒ある一族の人たちが次々に姿を消し、代わりに落ちぶれた娼婦たちの一団が住みつき、川の港に近い居酒屋で一ペソ半でくわえ込んできた客を連れて明け方まで階段を上り下りするようになった。

半ズボン姿に小学生の半長靴をはいていた十二歳のときに、上の階がどうなっているのか知りたいという誘惑に駆られた。父親が例によって仲間と果てしない議論を戦わせていたので、その隙に上にあがり、天上の光景を目にした。女たちは明け方まで身体を売っていた。朝の十一時ごろになるとステンド・グラスから射し込む光で夏の暑さが耐え難いほどになるが、その頃から女たちは素っ裸で家の中を歩き回って、大声で昨晩の出来事を話しながら家事をはじめた。その光景を見て、私は凍りついた。これはもうきたところを通って逃げるしかないと考えたが、そのとき安物の石鹸の匂いのするがっしりした身体つきの裸の女性が私を背後から捕まえて、軽々と抱き上げると、裸の女たちが嬌声を上げ、拍手する中を段ボールで仕切られた自分の小部屋まで運んでいったが、私はついにその顔を見ることができなかった。彼女は四人くらい寝られそうな大きなベッドに私を仰向けに押し倒すと、鮮やかな手つきでズボンを脱がせ、私の上に馬乗りになった。しかし、私は恐怖のあまり冷たい汗をかいていたので、男として彼女を受け入れるどころではなかった。

その夜、女性に襲われたという恥ずかしさともう一度彼女に会いたいという思いがせめぎあって、目がさえて一時間ほどしか眠れなかった。翌朝、夜遅くまで起きていた人たちが眠っている間に、ぶるぶる震えながら彼女の小部屋まで上っていき、泣き喚《わめ》きながら彼女を起こした。あのときの狂ったような愛はしばらく続いたが、間もなく実生活の荒々しい風に情け容赦なく吹き飛ばされてしまった。彼女はカストリーナという名前で、あの家の女王様だった。

一ペソ出すと、ホテルの小部屋でつかの間の愛を楽しむことができるが、そのお金で二十四時間いつづけられるということを知っているものはほとんどいなかった。その上、私はカストリーナの手で怪しげなあの世界に引き入れられたが、あそこでは金のない客が豪華な朝食にありついたり、石鹸を貸してもらったり、奥歯の痛みを治してもらったり、どうしても我慢できない場合は、お情けで女の子とベッドで楽しむ幸運に恵まれることもあった。

私自身がすっかり老いさらばえてしまった今日のような午後に、どこで死んだか分からないカストリーナのことを思い出す人間など一人もいなかった。彼女は川の桟橋のそばのみすぼらしい街角から這い上がって、酒場でのいさかいで失った目に海賊のような眼帯をつけ、娼婦たちの女王という神聖な玉座まで登りつめた。最後に彼女の情夫になったのは、《ガレー船漕役刑囚《そうえきけい》ホナス》と呼ばれていた、カマグエイ*出身の幸運な黒人だったが、この男は列車事故で笑うことを完全に忘れてしまうまで、ハバナの大きな店でトランペット奏者をしていた。

　苦い思いを抱いて公証人街を後にしたとき、心臓に突き刺すような痛みが走った。三日間、ありとあらゆる家庭用のせんじ薬を服用したが、一向によくならなかった。急患として診察してくれた医師は、代々医者が輩出している名家の出で、私が四十二歳のときに診察してくれた医者の孫に当たる人だった。年のわりには早く頭が禿げ上がり、分厚いメガネをかけ、励ましようもないほど悲しそうな顔をしていたので、一瞬祖父のほうではないかと思って、びっくりした。医師は金銀細工師のように慎重に全身を診察した。胸と背中に聴診器を当て、血圧を測り、膝の反射神経や目の奥、下まぶたの色などを調べてくれた。診察台の上で姿勢を変えるときに間があったが、そのときに医師はとりとめのない質問を次々にしてきた。しかし、矢継ぎ早に尋ねられたので、答えを考えている余裕がなかった。一時間後、医師は幸せそうな微笑を浮かべて私を見つめ、こう言った。どうやら私がして差し上げられることは何もないようですね。どういうことですか？　そのお年にしては願うべくもないほど健康だということです。妙な話ですが、と私は言った。四十二歳のときに、あなたのおじいさんからまったく同じことを言われたのですが、何だか時間が止まってしまったような気がします。どの病院へ行かれても、同じことを言われるはずですよ、と医師は言った。ただ、年齢というのがありますけどね。私は恐ろしい一言を聞きだそうとしてこう言った。唯一決定的な年齢というのは、死というわけですね。その通りです、と医師は答えた。ご期待に添えなくて申し訳ないのですが、あなたのような健康体だとそこにたどり着くのはむずかしいでしょうね。

あれはいい思い出だった。しかし、八月二十九日の前夜、家の階段を鉄のように重い足取りで上っているときに、冷酷にも自分にずっしりのしかかる百年に及ぶ歳月の途方もない重みを感じた。母親のフロリーナ・デ・ディオスの姿をふたたび見かけたのはそのときのことだ。私が今使っているベッドを死ぬまで使っていた母は、そこに横たわり、死の二時間前、最後に会ったときに祝福を与えてくれたが、それと同じ祝福を与えてくれたのだ。そのせいでひどく心が騒ぎ、動転した私は死の告知にちがいないと考えて、ローサ・カバルカスに電話をかけると、九十歳の年齢を最後まで全うするという自分の夢が果たされずに終わるような気がするので、今夜あの子を呼んでくれないかと頼んだ。八時にもう一度電話をかけたが、無理を言わないでよ、という返事がふたたび返ってきた。無理を承知で頼んでいるんだ、金ならいくらでも出す、と不安に耐え切れなくなって私は大声で言った。彼女はものも言わずに電話を切ったが、十五分後にベルが鳴った。

「あの子はここにいるわ」

十時二十分に向こうに着くと、私が恐ろしい最期を迎えたあと、あの子の処置をどうするかを書いた遺言書に当たる最後の手紙をローサ・カバルカスに渡した。彼女はあの殺人事件に私がショックを受けて、気がおかしくなったと考えて、からかうようにこう言った。いいこと、死ぬのはあんたの勝手だけど、ここではやめてよ。しかし、私はこう言った。コロンビア港の列車は犬も殺せないほどちゃちなものだが、それに轢かれて死んだと言えばいい。

あの夜、最後の準備が整うと、九十二年目の最初の瞬間に最後の苦痛が訪れるだろうと予測して、仰向けに横たわった。遠くに鐘の音が聞こえ、横を向いて眠っているデルガディーナの魂から発するかぐわしい香りを嗅ぎ、遠い地平線で誰かがあげた叫び声と人のすすり泣く声が聞こえたが、あのすすり泣きは百年前にこの寝室で亡くなった人のものにちがいない。私は最後の気力を振り絞って明かりを消すと、一緒にあの世へ旅立とうと思い、あの子の指に自分の指を絡ませ、十二時を告げる十二回の鐘の音を十二滴の最後の涙とともに数えた。やがて、夜明けを告げる鶏の鳴き声がし、その後すぐに、私が丸九十一年間無事つつがなく生き抜いたことを祝ってくれる栄光の鐘の音と祝祭の花火の音が聞こえてきた。

ローサ・カバルカスと顔を合わせたときに真っ先にこう言った。店と果樹園を含めて、この家をすべて私が買い上げるよ。すると彼女はこう言った。お互い年なんだから、年寄りらしい賭けをしない？　つまり、生き残ったほうがもう一人の財産をすべて受け継ぐという内容の遺言書を書いて、公証人の前でサインするのよ。それはだめだ、私が死んだら、すべてあの子のものになるようにしないといけない。同じことじゃない、とローサ・カバルカスが言った。そのときは私があの子の面倒を見て、その後すべてを、つまりあんたの財産と私の財産すべてをあの子のために遺してやるのよ。私には他に身寄りがいないんだからね。その間に、あの部屋を改装して、家具類やエアコンを設置し、あんたの本や音楽を並べたらいいじゃない。

「あの子はうんと言うだろうか？」

「まあ、博士、情けないことを言わないでよ。年をとるのはいいけど、頭までぼけないでね」とローサ・カバルカスは笑い転げながら言った。「あの子はあんたに首ったけよ」

　私は光り輝くような思いで外へ出た。百歳という年齢は遠い地平線の彼方にあるが、そこにいる自分自身の姿をはじめて目にしたような気持ちになった。朝の六時十五分、きちんと片付いた静かな私の家は、幸せな夜明けのさまざまな色に彩られはじめていた。ダミアーナは台所で大声で歌をうたい、また元気になった猫は私のくるぶしに尻尾を巻きつけ、書き物机のところまでついてきた。色あせた原稿用紙やインクつぼ、鵞《が》ペンを整理していると、陽射しが公園のアーモンドの木の間ではじけ、乾季のために一週間遅れでやってきた川の郵便船が汽笛を鳴らしながら水路を通って港に入ってきた。心臓は何事もなかったし、これで本当の私の人生がはじまった。私は百歳を迎えたあと、いつの日かこの上ない愛に恵まれて幸せな死を迎えることになるだろう。

注解

一四　**コロニアル風**　植民地風。ここでは、コロンビアが植民地だった時代に導入された本国スペイン風の様式。

一四　**ガリバルディ**　イタリアの愛国者。イタリア統一の英雄（一八〇七－八二）。

一四　**スタッコ**　漆喰《しっくい》塗りによる表面仕上げ。

一四　**フローレンス風**　フィレンツェ風。フィレンツェはイタリア中部の都市。ルネッサンス文化の中心地となった。

一五　**レグアス**　一レグアは、約五五七二メートル。レグアスは複数形。

二〇　**千日戦争**　コロンビアでは長期にわたって保守派と自由派が対立していたが、一八九九年、ついに内乱が始まり、戦いは一九〇二年まで続いた。

二〇　**ネールランディア協定**　保守派と自由派が、一九〇二年にアメリカ海軍の戦艦ウィスコンシンで結んだ休戦協定。

二一　**『ロサーナ・アンダルーサ』**　スペインの作家フランシスコ・デリカド（一四八〇頃－一五三四？）の書いたエロティックな作品。悪者《ピカレスク》小説の先駆として知られる。

二二　**カルタヘーナ・デ・インディアス**　コロンビアのカリブ海に面した避暑地。

二二　**イタリカ**　スペイン南西部、セビーリャ近郊の、古代ローマの遺跡のあるところ。

二四　**ファブレガス**　エリセンダ・ファブレガス。スペイン生れの女流ピアニスト、作曲家（一九五五－）。現在はアメリカで活動。

二五　**シャーリー・テンプル**　一九二八年生れのハ

リウッド女優。三〇年代に子役として映画デビュー し、脚光を浴びた。

二五 **サンタ・マルタ**　コロンビアのカリブ海に面する古くからの港湾都市。

二五 **トルティーリャ**　スペイン語で、オムレツ。

二七 **リンネル**　亜麻糸で織った、薄く光沢のある布地。主に夏服に用いる。リネン。

三〇 **センターボ**　補助通貨単位。ペソの百分の一。

三三 **アルニカ**　キク科の多年草。外傷用のアルニカチンキの原料となる。

三三 **カノコソウ**　オミナエシ科の多年草。根が鎮《ちん》痙《けい》剤として利用される。

三四 **トーニャ・ラ・ネグラ**　メキシコの女性歌手（一九一二―一八二）。

三四 **ボレロ**　スペインの舞踊、四分の三拍子。

三五 **エタミン**　薄地で透けるような平織の布。

四〇 **ペレス＝ガルドス**　スペインの小説家（一八四三―一九二〇）。五部四十六巻からなる歴史小説『国民挿話』の作者として知られる。

四〇 **『魔の山』**　ドイツの小説家トーマス・マン（一八七五―一九五五）の代表作のひとつ。スイス高山の結核療養所《サナトリウム》が舞台。

四〇 **デ・コバルビアス**　スペインの文法学者（一五三九―一六一三）。

四一 **ベーリョ**　ベネズエラの詩人、法学者、言語学者（一七八一―一八六五）。

四一 **カサーレス**　スペインの辞書編纂者、文学批評家（一八七七―一九六四）。

四一 **ジンガレッリ編の『イタリア語辞典』**　一九一七年以来、毎年改訂を重ねている定評のある辞書。

四一 **ライノタイプ**　欧文用自動鋳植機の商標名。一行分ずつの活字の鋳造と植字を同時に行う。

四三 **ガゼル**　ウシ科ガゼル属の哺乳類の総称。体型はシカに似て優美、竪琴状の角をもつ。

四三 **ペンテコステース**　五旬節。復活祭《イースター》後の第七日曜日に当たる祝日。使徒たちに聖霊が降臨したことを祝う。

四七 **私生児ムダーラ**　十六―七世紀に活躍したスペインの劇作家ロペ・デ・ベガの同名の戯曲の

主人公。ムーア人の私生児で、人を困惑させる言動で知られる。

五三 **アシュケナーゼ** ポーランド生れのベルギーのピアニスト（一八九六－一九八五）。

五四 **チボー** フランスのバイオリニスト（一八八〇－一九五三）。

五四 **コルトー** フランスのピアニスト（一八七七－一九六二）。

五四 **フランク** ベルギー生れのフランスの作曲家（一八二二－九〇）。

五九 **トルケマーダ** スペインの有名な異端審問官（一四二〇－九八）。

六三 **ゴルディオスの結び目** 古代フリュギアの王ゴルディオスが結んだ難しい結び目。これを解く者は全アジアの王たるべしと神託があったが、アレクサンダー大王が剣で切断したとされる。転じて、難問。難題。

六四 **カラベラ船** 十五－六世紀のスペイン、ポルトガルで使用された、三－四本マストの軍艦。

六九 **ララ** メキシコの作曲家、歌手（一九〇〇－七〇）。

六九 **ガルデル** アルゼンチンのタンゴ歌手、俳優（一八九〇－一九三五）。

七〇 **リベーラ** 作者ガルシア＝マルケスと親しかったコロンビアの画家。

七一 **マタモーロス** キューバのギタリスト、作曲家（一八九四－一九七一）。

七三 **ピアノラ** 自動ピアノの商標名。

八〇 **ポーラス** コロンビアのカルタヘナ生れの女流画家（一九二〇－七二）。

八〇 **セペーダ** コロンビアのジャーナリスト、作家（一九二三－七二）。

八三 **カルーゾ** イタリアの著名なテノール歌手（一八七三－一九二一）。

八八 **ネルーダ** チリのノーベル賞詩人（一九〇四－七三）。

九一 **ボリーバル** 南米の独立運動の指導者（一七八三－一八三〇）。ガルシア＝マルケスは『迷宮の将軍』（一九八九）で最晩年のボリーバルの姿を描いている。

九五 **レオパルディ**　ダンテ、ペトラルカと並び称されるイタリアの詩人（一七九八―一八三七）。

九五 **副王**　スペイン領アメリカにおける最高位の王室官吏。

一〇三 **プラクシテレス**　前四世紀に活躍したギリシャの彫刻家。

一〇七 **『三月十五日』**　アメリカの小説家ソーントン・ワイルダー（一八九七―一九七五）の作品。カエサルの生涯を扱う。

一〇七 **スエトニウス**　ローマの伝記作者（六九頃―一六〇頃）。

一〇七 **カルコピノ**　フランスの古代史研究家（一八八一―一九七〇）。

一一六 **ベドウィン族**　アラビア半島から北アフリカの砂漠地帯に暮らすアラブ系の遊牧民。

一一七 **アレグレット・ポコ・モッソ**　やや速く、少し躍動して。

一一九 **ポンド**　一ポンドは、約〇・四五四キログラム。

一二〇 **ヘラクレイトス**　古代ギリシャの哲学者（生没年不詳）。永遠に流れていることが世界の本質である、と説いた。

一二三 **カマグエイ**　キューバの都市。

解説

木村榮一

先日、久しぶりに開高健の『白いページ』を読み返していたら、面白い一節にぶつかった。

ある作品の書きだしの一語が決定できなくて私はもう何カ月もあがいている。その一語を蒸溜することが目下の私の大仕事で、何をどうしていいのやら、見当がつかず、とどのつまり、寝たり起きたりしている。その一語がきまったところで、つぎからつぎへと、どうしていいか見当のつけようのない大仕事が蔽《おお》いかぶさってくることはほぼわかっているが、とにかく出発の一語が見つからないことにはどうしようもない。……部屋にこもって、ただ寝たり起きたり、人にも会わず、酒場にもでかけず、パーティにもでない。ときどき手をのばしてテレビのスイッチをひねる。あまりの阿呆くささにすぐ切る。けれど一時間か二時間たつと、また手をのばしてひねり、また切ってしまう。運動不足と形而上的集中の必然の結果として頰や腹がだぶだぶと肥厚してくる。そうやって私が書きだしの一語の滴下を待ちつつ毎日毎日、ただごろっちゃらとしているところを知らない人が目撃したならば、すぐさまアフリカの川で泥浴びにうっとりと眼を細めている河馬が連想されるであろう。

開高健のエッセイにはよく創作上の苦しみを語った文章が出てくる。サービス精神旺盛な彼は創作時の苦悩、呻吟を独自のユーモアにくるんで差し出しているが、そうした一文を読むと思わずこちらの頬がゆるむ。

それはともかく、先の引用からも分かるように、作家にとって書きだしの一語、あるいは一行というのはきわめて重要で、ときには決定的な意味を持つことがある。ガルシア＝マルケスが河馬のように泥浴びにうっとりと眼を細めていたかどうか分からないが、彼もまた開高健と同じように構想している作品の書きだしをどうするかであれこれ考え、決定的な一語、あるいは一文の滴下を待っていたことはまちがいない。

ここで、『わが悲しき娼婦たちの思い出』の書きだしを振り返ってみると、「満九十歳の誕生日に、うら若い処女を狂ったように愛して、自分の誕生祝いにしようと考えた」というかなり衝撃的な一行ではじまっている。この文章を訳したとき、ぼくは軽い戸惑いをおぼえた。あのときはなぜかよく分からなかったし、突き詰めて考えようともしなかったのだが、開高健の先の一文を目にし、作品の書きだしに対する作者の思い入れの深さを考えて、改めてあの一節を訳したときに感じた奇妙な違和感のことが気になりはじめた。

ぼくが違和感、戸惑いを覚えたのは、「九十歳」という主人公の年齢とその「誕生日」を祝うという発想がなんとなく奇妙に思えたのと、そこに「うら若い処女を狂ったように愛して、それを自分の誕生祝い」にしようとしたという一節があるのを見て、これはいったいどういうことだろう、この先どう展開していくのだろうと考えたせいだったような気がする。それにしても、なにやら怪しげで、いかがわしい書きだしだが、同時にそこから一種たくまざるユーモアのようなものがただよってくるのを感じた。このユーモアの感触は、たとえば同じく少女愛をテーマにしたナボコフの『ロリータ』の「ロリータ、我が命の光、我が腰の炎。我が罪、我が魂。ロ・リー・タ。舌の先が口蓋を三歩下がって、三歩めにそっと歯を叩く。ロ。リー。タ。」（若島正訳）という書き出しからはまったく伝わってこない。実を言うと、ガルシア＝マルケスがこの作品の巻頭に引いている川端康成の一節もまた『眠れる美女』の冒頭の一節なのである。あの中で宿の女が江口老人に、「たちの悪いいたづらはなさらないで下さいませよ、眠つてゐる女の子の口に指を入れようとなさつたりすることもいけませんよ」と念を押しているが、この厳しい禁止がその店とそこで働く女の子たちを包み込んでいる秘密主義を暗示し、さらには作品全体を通じて死の匂いを濃厚に漂わせたエロチシズムの世界が展開されてゆく前奏曲になっているといっても過言ではない。

ガルシア＝マルケスは『眠れる美女』から想を得て作品を書こうと思い立った。だからこそ巻頭にあの一節を引用しているのだろうが、それにしても両者の作品が持つ雰囲気はあまりにもかけ離れているし、そのことは二つの作品の書きだしのうちにはっきり読み取ることができる。『眠れる美女』に登場する女の子たちは眠り薬を呑まされて昏々と眠っていて、死体となんら変わるところはない。一方、老人もまた眠りつづける若い女性をただ眺めるだけで、ほとんど手を触れることはなく、人物の意識はたえず自身の過去へと回帰してゆく。つまり、川端のあの小説に登場する老人には、過去しか残されておらず、迫りくる死が絶えず彼の意識の上に重くのしかかっている。死が深々と黒い影を落としている『眠れる美女』は、人間の生のはかなさ、弱さ、老いの悲しさ、さらにそれとは対照的な若い女性の裸体の輝くばかりの美しさがみごとに描き出されていて、読むものの心を打つが、同時に登場する老人たちには未来はもちろん、若い裸体の女性を愛することすら禁じられており、そのことが最初の一節に暗示されている。

それにひきかえ、九十歳で特別な誕生祝いをしようと考えるガルシア゠マルケスの描く主人公はあきれるほど元気で、つねに前を向いて生きている。この人物はなんと『眠れる美女』の主人公より二十三歳も年上で、作者の執筆時の年齢を比較しても川端が六十一歳だったのに対して、ガルシア゠マルケスはすでに七十七歳になっていた。『わが悲しき娼婦たちの思い出』の主人公は、時に死の影におびえることはあっても、その意識はデルガディーナを愛することによって外へ、他者へと向かい、自らの内面に向かうことはほとんどない。「幸せとは自ら自身の外に出ることである」と言ったのは確かスペインの哲学者オルテガ・イ・ガセットだが、その意味からすれば、九十歳になってデルガディーナを愛し、身も世もあらぬほど苦しむ主人公は、人を愛することで自身の外へと飛び出したこの上もなく幸せな人間だといえるだろう。

この主人公と娼家の女将《おかみ》、それにデルガディーナの三人を中心にして、いかにも中南米らしい出来事がつぎつぎに起こる。そして、ついに店で常連客の一人が殺されるという事件が起こり、彼らはとばっちりを受けるが、幸い何もかも無事におさまり、主人公の私はデルガディーナの愛まで手に入れるという大団円で作品は終わっている。つまり、この小説は老人賛歌とも言える作品であり、そうしたストーリーの展開を予示しているのがあの書きだしの一節なのである。

しかし、それにしても九十歳の老人が十四歳の少女の愛を手に入れるというストーリーはやはり無理があるのではと思われる読者もいるかもしれない。そうした点について作者自身が面白いことを言っているので、紹介しておこう。『お話をどう語るか』（邦訳『物語の作り方』（岩波書店）に収められている）の中で、ガルシア＝マルケスは三十五年間郵便ポストの底にはり付いていて、配達されなかった手紙にまつわる話を語っている。すでに子供も孫もいる初老の女性のもとにある日一通の手紙が届く。それは自分がかつて本当に愛していた男性からの手紙で、一緒に町を出て行こう、水曜日の午後五時にこれこれの喫茶店で待っていると書いてあった。手紙を読んだ女性はまさかと思いつつも指定された時間にその喫茶店へ行くと、男性は彼女を待っていた。つまり男性は三十五年間、ずっと彼女をそこで待ち続けていたのだ。このエピソードを語ったあと、ガルシア＝マルケスはこう続けている。

こういうストーリーは、現実というのはどの程度までたわめ、歪めることができるのか、本当らしく見える限界というのはどのあたりにあるのかといったことを知ることができるので、わたしは大好きなんだ。本当らしさの限界というのは、われわれが考えているよりも広がりのあるものなんだ。ただ、そういう限界があることはわきまえておかないといけない。ちょうど、チェスをするようなものだ。視聴者、あるいは読者とゲームの規則を決めておく。つまり、ビショップはこう動き、ルークはこう、ポーンはこう……といったようにね。で、いったんその規則ができあがったら、もう変えてはいけない。一方が途中でそれを変更しようとしても、もう一方は受け入れてくれないからね。すべてのキーは大いなるゲーム、つまりストーリーそのもののうちにあるんだ。相手が君のゲームを受け入れてくれれば、なんの問題もなくゲームをつづけていけるというわけだ。

むろん、ガルシア＝マルケスがほんの気軽なお遊びで『わが悲しき娼婦たちの思い出』を書いたとは考えられない。この作品を発表したとき、彼はすでに七十七歳になっていたが、そんな老作家がいくらなんでも手慰みでこの小説を書いたということはありえない。そこにはこの小説を書くように彼を駆り立てた、やむに止まれぬ思い、強い意図があったはずである。

その意図を探り出すためには、まず前作の長編小説『コレラの時代の愛』を振り返ってみる必要がある。一九八五年に出版されたこの作品の主人公フロレンティーノ・アリーサは、少女時代のフェルミーナ・ダーサに会い、ひと目で恋に落ちる。さまざまな紆余曲折があったのち、彼女が年頃になると結婚を申し込むが、はねつけられる。フェルミーナはその後父の勧めもあって著名な医師のウルビーノ博士と結婚し、子供ももうけて幸せな結婚生活を送る。一方フロレンティーノは彼女が結婚したのちも、自らは結婚せず変わることなく彼女を愛し続ける。すでにかなりの年齢になってから、親戚のものから頼まれて彼はアメリカ・ビクーニャという名前の少女を引き取り、面倒を見ることになるが、そのうちふとしたことから深い関係におちいる。世間知らずのアメリカはフロレンティーノをひたむきに愛するが、そんな中フェルミーナの夫であるウルビーノ博士が亡くなる。千載一遇のチャンスと考えたフロレンティーノはフェルミーナに近づくためにありとあらゆる手段を講じ、ついに結ばれるのだが、一方フロレンティーノの心変わりに気づき、自分は捨てられたと考えたアメリカはあっけなく自殺してしまう。このエピソードは作品の中でももっとも悲しく衝撃的なものだが、今回ぼくは『わが悲しき娼婦たちの思い出』を訳しながら、途中で何度となくアメリカ・ビクーニャのことを思い浮かべた。

ここでもう一度作品の書きだしを振り返ってみると、主人公の「誕生日」がキーワードになっていたし、「誕生日」はそのあと何度もくり返し言及されており、しかも作品は主人公が九十一歳の誕生日を迎えるところで終わっている。「新年」が集団的な生における古い年の死と新しい年の誕生を意味していることは、ミルチャ・エリアーデがつとに指摘しているが、その意味からすれば「誕生日」は個人的な生における古い年の死と新しい年の新たな始まり、再生を意味していると言えるだろう。その日に主人公はデルガディーナに出会うが、睡眠薬で昏々と眠っている彼女は死体となんら変わるところはない。話しかけても一切反応を示さなかったデルガディーナが日を追うにつれて少しずつ命をふき返し、大嵐の日には幻影であるとはいえ主人公の手伝いをするが、このあたりから彼女は命ある存在として登場しはじめる。そして、ついにローサの口を通して、主人公の《私》を心から愛していると告白するのだが、このプロセスは実を言うとデルガディーナの睡眠薬による深い眠り＝死からのよみがえり、再生を意味していると言ってもいいだろう。

『コレラの時代の愛』が書かれたのが一九八五年、それから二十年後の二〇〇四年に発表されたのがここに訳出した『わが悲しき娼婦たちの思い出』だが、ストーリーの展開上仕方なかったとはいえ、純な魂のアメリカを死に至らしめたことで心を痛めた作者は、二十年の歳月をかけてデルガディーナ＝アメリカ・ビクーニャをよみがえらせようとした。そして、その際に触媒となったのが、方向はまったく逆を向いているが、川端のあの作品だったのではあるまいか。

作中人物が作家にとって時に実在の人物以上の存在感を持っていることはバルザックのビア

ンションの例を引くまでもなくよく知られているが、この作品において語りの老魔術師ガルシア＝マルケスは、言葉の魔術を使ってついにアメリカ・ビクーニャ＝デルガディーナをよみがえらせたと考えるのは、老いた訳者の妄想だろうか。

＊　＊　＊

翻訳には Gabriel García Márquez:Memoria de mis putas tristes;Mondadori, 2004 を用いた。最初、編集部の冨澤氏からこの作品の訳を依頼されたとき、勤務先の大学の仕事が多忙を極めており、引き受けても、結果的に迷惑をかけることになるのではないかと不安だったので、断るつもりでいた。しかし、試みに訳をはじめてみると、ガルシア＝マルケスの言葉の魔術と冨澤氏の温かい励ましの言葉のおかげで思いのほかはかどり、この分では行けそうだと思うようになった。その後も大学の同僚や事務局の方々の陰のお力添えもあって無事に、しかも心から楽しみながら訳を終えることが出来てほっとしている。あとは波乱に富んだ、まことに楽しいこの物語が一人でも多くの読者に読まれるように祈るだけである。

Obra de García Márquez | 2004

わが悲《かな》しき娼婦《しょうふ》たちの思《おも》い出《で》

著　者　ガブリエル・ガルシア＝マルケス
訳　者　木村榮一《きむらえいいち》

発　行　2006年 9 月30日
7　刷　2024年 6 月20日
発行者　佐藤隆信
発行所　株式会社新潮社
郵便番号 162-8711　東京都新宿区矢来町 71
電話　編集部　03-3266-5411
読者係　03-3266-5111
http://www.shinchosha.co.jp
印刷所　錦明印刷株式会社
製本所　大口製本印刷株式会社

価格はカバーに表示してあります。
乱丁・落丁本は、ご面倒ですが小社読者係宛お送り下さい。
送料小社負担にてお取り替えいたします。

ISBN 978-4-10-509017-3 C0097

Obras de García Márquez

ガルシア=マルケス全小説

1947-1955 La hojarasca y otros 12 cuentos
落葉 他12篇 高見英一 桑名一博 井上義一 訳
三度目の諦め／エバは猫の中に／死の向こう側／三人の夢遊病者の苦しみ
鏡の対話／青い犬の目／六時に来た女／天使を待たせた黒人、ナボ
誰かが薔薇を荒らす／イシチドリの夜／土曜日の次の日／落葉
マコンドに降る雨を見たイサベルの独白

1958-1962 La mala hora y otros 9 cuentos
悪い時 他9篇 高見英一 内田吉彦 安藤哲行 他 訳
大佐に手紙は来ない／火曜日の昼寝／最近のある日／この村に泥棒はいない
バルタサルの素敵な午後／失われた時の海／モンティエルの未亡人／造花のバラ
ママ・グランデの葬儀／悪い時

1967 Cien años de soledad
百年の孤独 鼓 直 訳

1968-1975 El otoño del patriarca y otros 6 cuentos
族長の秋 他6篇 鼓 直 木村榮一 訳
大きな翼のある、ひどく年取った男／奇跡の行商人、善人のブラカマン
幽霊船の最後の航海／無垢なエレンディラと無情な祖母の信じがたい悲惨の物語
この世でいちばん美しい水死人／愛の彼方の変わることなき死／族長の秋

1976-1992 Crónica de una muerte anunciada / Doce cuentos peregrinos
予告された殺人の記録 野谷文昭 訳
十二の遍歴の物語 旦 敬介 訳

1985 El amor en los tiempos del cólera
コレラの時代の愛 木村榮一 訳

1989 El general en su laberinto
迷宮の将軍 木村榮一 訳

1994 Del amor y otros demonios
愛その他の悪霊について 旦 敬介 訳

2004 Memoria de mis putas tristes
わが悲しき娼婦たちの思い出 木村榮一 訳

ガルシア=マルケス全講演
1944-2007 Yo no vengo a decir un discurso
ぼくはスピーチをするために来たのではありません 木村榮一 訳

ガルシア=マルケス自伝
2002 Vivir para contarla
生きて、語り伝える 旦 敬介 訳